El club de la medianoche

GRANTRAVESÍA

CHRISTOPHER PIKE

El club de la medianoche

Traducción de Marcelo Andrés Manuel Bellon

GRANTRAVESÍA

Ésta es una obra de ficción. Los nombres, personajes, lugares
e incidentes son producto de la imaginación del autor, o se usan
de manera ficticia. Cualquier semejanza con personas (vivas
o muertas), acontecimientos o lugares reales es mera coincidencia.

EL CLUB DE LA MEDIANOCHE

Título original: *The Midnight Club*

© 1994, Christopher Pike

Publicado según acuerdo con Simon & Schuster Children's Publishing
Division, New York, N.Y.

Traducción: Marcelo Andrés Manuel Bellon

Arte de portada: © 2022, Netflix. Todos los derechos reservados.

D.R. © 2022, Editorial Océano de México, S.A. de C.V.
Guillermo Barroso 17-5, Col. Industrial Las Armas
Tlalnepantla de Baz, 54080, Estado de México
www.oceano.mx
www.grantravesia.com

Primera edición: 2022

ISBN: 978-607-557-639-8

IMPRESO EN MÉXICO / *PRINTED IN MEXICO*

CAPÍTULO 1

Ilonka Pawluk se evaluó frente al espejo y decidió que no parecía que fuera a morir. Su rostro era delgado, cierto, lo mismo que el resto de su cuerpo, pero sus ojos azules eran brillantes, su largo cabello castaño resplandecía y su sonrisa lucía blanca y fresca. Ésa era la única cosa que hacía cada vez que se miraba en el espejo: sonreír, sin importar lo miserable que se sintiera. La sonrisa era fácil. Sólo un reflejo en realidad, en especial cuando estaba sola y se sentía desdichada. Pero incluso sus sentimientos podían alterarse, decidió Ilonka, y hoy pretendía ser feliz. El viejo cliché le vino a la mente: Hoy es el primer día del resto de mi vida.

Sin embargo, había ciertos hechos que ella no podía esperar que simplemente desaparecieran.

Su largo y brillante pelo era una peluca. Meses de quimioterapia habían acabado con las últimas hebras de su propio cabello. Seguía estando muy enferma, eso era cierto, y era bastante probable que el día de *hoy* fuera una *gran* parte del resto de su vida. Pero no se permitía pensar en eso porque no representaba ayuda alguna. Debía concentrarse sólo en lo positivo. Ése era un axioma con el que deseaba vivir por ahora. Tomó un vaso de agua y un puñado de pastillas herbales, y se las metió todas en la boca. Detrás de ella, Anya Zimmerman, su compañera de cuarto y una chica enferma como nadie más, gimió. Anya comenzó a hablar mientras Ilonka se tragaba la media docena de comprimidos.

—No sé cómo consigues tomarte todas a la vez —dijo—. Yo estaría vomitándolas antes de un minuto.

Ilonka terminó de tragar y eructó suavemente.

—Bajan mucho más fácil que una aguja penetra en el brazo.

—Pero un piquete da resultados inmediatos —a Anya le gustaban los medicamentos, los narcóticos fuertes. Tenía derecho a ellos porque sufría un insoportable dolor constante. Anya Zimmerman padecía cáncer de huesos. Seis meses antes le habían cortado la pierna derecha hasta la altura de la rodilla para impedir que siguiera extendiéndose… todo en vano.

Ilonka observó en el espejo cómo Anya se movía en la cama tratando de ponerse cómoda. Anya hacía esto con frecuencia, se movía de un lado a otro, pero no había manera de que pudiera salirse de su cuerpo enfermo, y ése era precisamente el problema. Ilonka dejó el vaso a un lado y se dio la media vuelta. Ya podía sentir el regusto a hierba ardiendo en lo más profundo de su garganta.

—Creo que están funcionando —Ilonka se apresuró a compartir con su compañera—. Hoy me siento mejor de lo que me he sentido en semanas.

Anya se sorbió la nariz. Todo el tiempo estaba resfriada. Su sistema inmune estaba frito, un efecto secundario común de la quimioterapia y un problema frecuente para los "huéspedes" del Centro de Cuidados Paliativos Rotterham.

—Te ves horrible —sentenció Anya.

Ilonka se sintió apuñalada, nada nuevo, pero sabía que no podía tomarse el comentario muy a pecho. Anya tenía una personalidad abrasiva. Ilonka se preguntaba a menudo si era su dolor el que hablaba. Le habría gustado conocer a esa chica antes de que enfermara.

—Muchas gracias —dijo.

—O sea, si te comparas con la señorita Barbie Bronceada del mundo real —apresuró a enmendarse Anya—. Pero a mi lado, por supuesto, *brillas*... en serio —añadió Anya, apresuradamente—. ¿Quién soy yo para decir algo al respecto, eh? Lo lamento.

Ilonka asintió.

—En verdad me siento mejor.

Anya se encogió de hombros, como si sentirse mejor no fuera tan positivo. Como si sentirse de cualquier forma que no fuera más cerca de la muerte equivaliera a tan sólo posponer lo inevitable. Pero lo dejó pasar, abrió un cajón de su buró y sacó un libro. No, no sólo un libro: una Biblia. La malvada de Anya estaba leyendo la Biblia.

Ilonka le había preguntado el día anterior por qué la había tomado y Anya se había reído antes de responder que necesitaba una lectura ligera. ¿Quién podría saber lo que Anya pensaba en realidad? Las historias que contaba cuando se reunían a medianoche solían ser macabras. De hecho, le provocaban pesadillas a Ilonka, y era difícil dormir al lado de la persona que acababa de explicar cómo Suzy Q había destripado a Robbie Right. Anya siempre usaba nombres de esa clase en sus historias.

—Me siento entumecida —declaró Anya. Era una mentira obvia, porque debía estar sintiendo bastante dolor, a pesar de los diez gramos de morfina que le administraban a diario. Abrió su Biblia en un punto cualquiera y comenzó a leer.

Ilonka se quedó en silencio y la observó durante un minuto completo.

—¿Eres cristiana? —preguntó finalmente.

—No. Estoy muriendo —Anya dio vuelta a la página—. Las personas moribundas no tienen religión.

—Me gustaría que hablaras conmigo.

—Estoy hablando contigo. Puedo hablar y leer al mismo tiempo —Anya hizo una pausa y levantó la mirada—. ¿De qué quieres hablar? ¿De Kevin?

Algo se atascó en la garganta de Ilonka.

—¿Qué hay con Kevin?

Anya sonrió, con un gesto siniestro en su rostro huesudo. Era hermosa: tenía el cabello rubio, ojos azules, una estructura ósea delicada, aunque estaba demasiado delgada. De hecho, salvo por el cabello oscuro de Ilonka —su cabello había sido oscuro—, podría haberse dicho que se parecían. Sin embargo, el azul de sus ojos brillaba con luces opuestas, o quizás el de Anya no brillaba en lo absoluto. Había una frialdad en esa chica que congelaba más allá de sus rasgos. Ella sufría dolor permanente, y se le notaba en las pequeñas arrugas alrededor de sus ojos, en el rictus de su boca, pero también había algo profundo, algo casi enterrado, que ardía sin calidez dentro de ella. De cualquier forma, a Ilonka le agradaba, se preocupaba por Anya. Aunque no confiara en ella.

—Estás enamorada de él —insistió Anya.

—¿Qué te hace decir algo tan estúpido como eso?

—La manera en que lo miras. Como si desearas bajarle los pantalones y llevarlo directo al cielo, si eso no fuera matarlos a ambos.

Ilonka se encogió de hombros.

—Puedo pensar en peores formas de morir.

Se sentía incorrecto decirle algo así a Anya, quien volvió a su Biblia.

—Claro.

Ilonka se acercó a Anya y se apoyó en su cama.

—No estoy enamorada de él —le dijo—. No estoy en posición de enamorarme de nadie.

Anya asintió y gruñó.

—No quiero que andes diciendo cosas como ésas —insistió Ilonka—. Sobre todo, no a él.

Anya pasó una página.

—¿Qué quieres que le diga? —replicó ella.

—Nada.

—¿Qué le dirás tú?

—Nada.

Anya cerró de pronto su libro. Sus gélidos ojos abrasaron a Ilonka. O quizá, de repente, dejaron de ser tan fríos.

—Me dijiste que querías que habláramos, Ilonka. Supuse que querrías hablar de cosas más importantes que las agujas y las hierbas. *Vives* en negación, lo cual es malo, pero es mucho peor morir de esa manera. Amas a Kevin, hasta el más tonto puede darse cuenta de eso. Todo el grupo lo sabe. ¿Por qué no se lo dices?

Ilonka se quedó atónita, pero intentó actuar con calma.

—Él es parte del grupo. Ya debe saberlo.

—Es tan estúpido como tú. No lo sabe. Díselo.

—¿Qué le digo? Él tiene novia.

—Su novia es una imbécil.

—Dices lo mismo de mucha gente, Anya.

—Es la verdad en el caso de mucha gente —Anya se encogió de hombros y se dio la media vuelta—. Haz lo que quieras, no me importa. No es como si fuera a ser algo importante dentro de cien años. O dentro de cien días.

—¿Son tan obvios mis sentimientos? —Ilonka sonaba herida, y lo estaba.

Anya observó más allá de la ventana.

—No, me retracto de todo lo que te dije. El grupo no sabe nada. Todos son unos imbéciles. Yo soy la única que lo sabe.

—¿Cómo lo supiste?

Cuando Anya no respondió, Ilonka se acercó todavía más y se sentó en la cama, junto a la pierna amputada de Anya. El muñón estaba cubierto por un grueso vendaje blanco. Anya nunca dejaba que nadie viera eso, e Ilonka la entendía. Anya era la única paciente del Centro que sabía que ella usaba peluca. O eso esperaba.

—¿Hablo dormida? —le preguntó.

—No —dijo Anya, con la mirada todavía fija en la ventana.

—¿Eres psíquica, entonces?

—No.

—¿Estuviste enamorada alguna vez?

Anya se estremeció, pero se repuso rápidamente. Miró a Ilonka. Sus ojos volvían a estar tranquilos, o tal vez sólo fríos.

—¿Quién me amaría, Ilonka? Me faltan demasiadas partes del cuerpo —tomó su Biblia y dijo en tono de despedida—: será mejor que te des prisa y pases por Kevin antes de que llegue Kathy. Ella viene hoy, ya sabes. Es día de visitas.

Ilonka se levantó de la cama sintiéndose triste, a pesar de su reciente promesa de ser feliz.

—Ya sé qué día es hoy —respondió en un susurro y salió de la habitación.

El Centro de Cuidados Paliativos Rotterham no parecía un hospital o un lugar para pacientes terminales ni por dentro ni por fuera. Hasta hacía diez años había sido la mansión costera de un magnate petrolero. Ubicada en el estado de Washington, cerca de la frontera canadiense, colindaba con un tramo de accidentada costa donde el agua azul siempre estaba tan fría como en diciembre y se estrellaba en forma de espuma blanca sobre las rocas dentadas, que esperaban con férrea paciencia para castigar a cualquier aspirante a nadador. Ilonka escuchaba el rugido del oleaje desde la ventana de su habitación y a menudo soñaba con él: sueños agradables o inquietantes pesadillas por igual. Algunas veces, las olas la levantaban y la conducían por aguas tranquilas hasta tierras de fantasía donde ella y

Kevin podían caminar lado a lado en cuerpos saludables. Otras, la fría espuma la apresaba y la empalaba en las rocas; su cuerpo se partía en dos y los peces se alimentaban de sus restos. Sí, ella también culpaba a Anya de esos sueños.

A pesar de las pesadillas, igual amaba vivir a orillas del mar. Y sin duda prefería el Centro Rotterham al hospital donde el doctor White la había encontrado pudriéndose. El doctor White había fundado el Centro. Un lugar para que los adolescentes pudieran descansar, así se lo dijo, mientras se preparaban para hacer el cambio de salón de clases más importante de sus vidas. Ella pensó que ésa era una piadosa manera de decirlo. Pero lo hizo prometerle que le compraría una peluca antes de permitir que la internaran con otros treinta chicos moribundos de edades parecidas.

Aunque ella, por supuesto, no agonizaba, no con certeza, no desde que había comenzado a cuidarse.

La habitación de Ilonka estaba en el segundo piso; el Centro tenía tres. En el largo pasillo por el que caminó después de dejar a Anya, había unas cuantas evidencias de que la mansión había sido transformada en un nosocomio. Las pinturas al óleo de las paredes, la mullida alfombra color lavanda, los candelabros de cristal incluso... ella podría haber estado disfrutando la hospitalidad de "Tex" Adams, el hombre que había legado al doc White su casa de retiro favorita. *Hospital* y *hospitalidad*, reflexionó... las palabras eran prácticamente hermanas. El olor a alcohol que rondó sus fosas nasales cuando se acercó a la escalera, el destello blanco debajo de ella, que señalaba el comienzo del área de enfermería y, lo más importante, la *sensación* de enfermedad que flotaba en el aire le decían a ella, o a cualquiera, que éste no era un hogar feliz para personas ricas y saludables, sino un triste lugar para jóvenes desvalidos. La mayoría de los pacientes del doctor White procedían de hospitales públicos.

Ése no era el caso de Kevin, sin embargo, pues sus padres tenían recursos.

Al bajar las escaleras, se encontró con otro miembro del "Club de la Medianoche", como lo habían nombrado. Spencer Haywood, o simplemente "Spence", como a él le gustaba que lo llamaran. Él era la persona más saludable del centro... después de Ilonka, por supuesto, aunque el chico tenía cáncer en el cerebro. La mayoría de los huéspedes de Rotterham pasaban sus días en cama, o al menos confinados en sus habitaciones, pero Spence siempre estaba en pie y deambulando. Pertenecía al bando de los flacuchos —por no decir *demacrados*, al igual que, de hecho, *todos* en el centro—, tenía el cabello castaño ondulado y una de esas medias sonrisas sospechosamente cercanas a una mueca grabada para siempre en su rostro. Era el bromista del grupo —todos los grupos necesitan a un bromista— y su energía era contagiosa, incluso para los adolescentes que tenían más analgésicos que sangre corriendo por sus cuerpos. Su rostro era tan salvaje como sus historias. Era rara la noche en la que una docena de personas no se dejaba arrastrar por un cuento de Spence Haywood. A Ilonka le encantaba estar con él porque nunca hablaba como si estuviera a punto de morir.

—Mi chica consentida —dijo cuando se encontraron en la escalera, sobre el área de enfermería. Llevaba un sobre abierto en la mano derecha y una hoja cubierta con letra diminuta en la otra—. Te estaba buscando —añadió.

—Tienes un amigo que quiere venderme un seguro de vida —bromeó ella.

Spence rio.

—Un seguro de vida y otro de servicios médicos —atajó el chico—. Hey, ¿cómo te sientes hoy? ¿Quieres ir a Hawái?

—Mis maletas ya están listas. Vamos. ¿Cómo estás tú?

—Schratter me acaba de dar un par de gramos hace veinte minutos, así que ni siquiera estoy seguro de tener todavía la cabeza sobre los hombros, lo cual es una gran manera de sentirse.

"Un par de gramos" significaba dos gramos de morfina, una dosis fuerte. Spence todavía era capaz de caminar, pero sin los medicamentos fuertes padecía de terribles dolores de cabeza. Schratter era la enfermera en jefe del turno matutino. Tenía un trasero tan ancho como la luna y unas manos que temblaban como la costa de California en un mal día. Después de que Schratter te ponía una inyección, solías necesitar algunos puntos de sutura. Ilonka apuntó con la mirada hacia la carta.

—¿Es de Caroline? —preguntó.

Caroline era su devota novia: le escribía prácticamente a diario. Spence leía a menudo sus cartas en el grupo y su opinión era que Caroline tenía que ser la chica más fogosa del mundo.

Spence asintió, emocionado.

—Es probable que nos visite el próximo mes. Ella vive en California, como sabes. No puede permitirse el lujo de tomar un avión, pero cree que podría venir en tren.

Un mes era mucho tiempo en el Centro Rotterham. La mayoría de los pacientes pasaban menos de un mes allí antes de morir. Pero Ilonka pensó que sería de mal gusto sugerirle a la chica que viniera antes.

—Por lo que nos has contado de ella —dijo Ilonka—, necesitarás transfusión completa de fluidos vitales después de su visita.

Spence sonrió ante la perspectiva.

—Es una alegría tener que reponer algunos fluidos. Hey, tengo que decirte por qué quería verte. Kevin te está buscando.

El corazón de Ilonka dio un vuelco tan pronunciado que estuvo a punto de estrellarse.

—¿En serio? —preguntó con indiferencia—. ¿Para qué?

—No lo sé. Me dijo que si te veía, te diera el mensaje.

—Él conoce el número de mi habitación. Podría haber ido a buscarme.

—No creo que se sienta muy bien hoy —explicó Spence.

—Oh —Kevin no se veía bien la noche anterior. Tenía leucemia y había salido de la remisión en tres ocasiones, que era todo lo que los médicos decían que era posible. Tres strikes y estás fuera. Sin embargo, al igual que ella misma, no podía imaginar a Kevin muriendo. No su Kevin—. Pasaré a su habitación a ver qué desea —dijo.

—Tal vez quieras esperar hasta más tarde —sugirió Spence—. Creo que su novia está con él ahora. ¿Conoces a Kathy?

Su corazón finalmente se estrelló.

—Sí, conozco a Kathy —respondió en un susurro.

Spence notó el cambio de tono. Anya estaba equivocada: nadie en la casa era idiota, y Spence mucho menos.

—Ella es una cabeza hueca, ¿no lo crees? —preguntó él—. Es porrista.

—No creo que sean sinónimos —Ilonka se encogió de hombros—. Es bonita.

—No tanto como tú.

—Eso salta a la vista —Ilonka hizo una pausa—. ¿Vendrás esta noche?

—Como si tuviera una docena de compromisos por atender. Sí, tengo una historia genial preparada para nuestra reunión. Te va a encantar, es completamente repulsiva. ¿Y tú?

Ilonka seguía pensando en Kevin, en Kathy y en ella misma.

—Yo también tengo una historia que contar —dijo en voz baja.

Se despidieron e Ilonka siguió su camino. Pero cuando llegó al final de las escaleras, se apartó del área de enfermería porque Schratter se se cruzaría en su camino para que tomara algo más fuerte. Lo único que Ilonka usaba para controlar el dolor era Tylenol 3, una combinación de paracetamol y codeína, algo ligero comparado con lo que tragaban los demás. Ilonka sentía dolor casi todo el tiempo, un ardor en el bajo vientre, como un calambre. Sintió que se formaba uno de ésos, mientras se dirigía a la habitación de Kevin, pensando en cómo sería verlo con *ella*.

Pero Kevin no estaba en la habitación que compartía con Spence. No había nada de él allí, excepto seis de sus cuadros, escenas de ciencia ficción de sistemas estelares en colapso y planetas anillados girando a través de nebulosas enjoyadas. El trabajo de Kevin era lo suficientemente bueno para adornar las portadas de las mejores novelas de ciencia ficción.

Ilonka no sabía si él había pintado algo desde su ingreso a Rotterham. No sabía si había traído sus pinturas o un cuaderno de dibujo siquiera. Kevin no hablaba mucho de su arte, aunque todos los demás coincidían en que era un genio.

Un cuadro suyo —una estrella azul, situada en un campo de astros nebulosos— llamó su atención. Había pasado lo mismo en otras ocasiones, las pocas veces que había entrado allí, y era extraño porque se trataba de la más sencilla de sus obras. Sin embargo, la llenaba de... ¿qué? Ni siquiera estaba segura de cuál era la emoción. Esperanza, tal vez. La estrella brillaba con un azul encantador, como si no la hubiera pintado con óleo, sino con la luz misma.

Ilonka salió de la habitación de Kevin y se dirigió a la sala de espera situada cerca de la entrada de Rotterham, sabiendo que estaba cometiendo un error, pero incapaz de evitarlo. No quería ver a Kathy —la sola idea de encontrarse con ella la hacía sentir enferma— y, sin embargo, algo la obligaba a enfrentarse de nuevo a la chica. Para ver por qué Kevin prefería a esa porrista y no a ella. Por supuesto, la comparación era ridícula, como poner manzanas junto a naranjas. Kathy estaba sana y era hermosa. Ilonka estaba enferma y… bueno, también era hermosa. *En verdad*, pensó Ilonka, *Kevin es un tonto*. No sabía por qué estaba tan enamorada.

Aunque… en realidad sí lo sabía.

Ella creía que así era.

Tenía que ver con el pasado. El pasado remoto.

Ilonka encontró a Kathy sentada sola en la sala de espera. La chica podría haber sido recortada directo de la sección de ropa casual de verano de una revista, incluso vestida, como estaba, con ropa de invierno. Su larga melena era tan rubia que sus antepasados debían haber emigrado desde las playas de California. Quizá usaba loción bronceadora antes de ir a la cama. Sí, se veía saludable, tan fresca que podría haber sido recolectada de un árbol en el Condado de Orange. Y lo peor de todo era que estaba leyendo un ejemplar de la revista *People*, un número semanal que Ilonka equiparaba a la Biblia Satánica por su profundidad de conocimiento.

Kathy levantó la mirada y le sonrió con unos dientes que tal vez nunca habían mordido nada que no fuera natural.

—Hola, soy Kathy Anderson —dijo la chica—. ¿No nos conocimos la última vez que estuve aquí?

—Sí. Me llamo Ilonka Pawluk.

Kathy dejó a un lado su revista y cruzó las piernas, cubiertas por unos pantalones grises que nunca habían salido a la venta. Los padres de Kathy también tenían dinero, Ilonka lo sabía. Su suéter era verde, grueso sobre sus turgentes pechos.

20

—Es un nombre interesante —dijo la chica—. ¿De dónde es?

—Ilonka es húngaro, pero mi madre y mi padre eran polacos.

—¿Naciste en Polonia?

—Sí.

Kathy asintió.

—Habría creído que tendrías algún acento.

—Salí de Polonia cuando tenía ocho meses.

Su comentario estaba destinado a hacer que Kathy se sintiera estúpida, pero la chica era tan inconsciente a ese respecto que ni siquiera se dio por enterada. Además, otras personas le habían dicho a Ilonka que *tenía acento*, lo cual era comprensible porque, antes de que muriera, su madre había hablado casi todo el tiempo en polaco cuando estaban en casa. Ilonka no había conocido a su padre. Había desaparecido antes de que su madre y ella salieran de Polonia.

—¿Dónde creciste? —le preguntó Kathy.

—En Seattle. ¿Tú eres de Portland?

—Sí. Voy a la misma preparatoria que Kevin —Kathy miró alrededor—. ¿Sabe él que estoy aquí?

—Creo que sí. Pero puedo comprobarlo si quieres.

—¿Me harías ese favor? —Kathy se estremeció y perdió su cara de felicidad—. Debo admitir que éste no es mi lugar favorito. Me alegraré cuando Kevin esté mejor y pueda regresar a casa.

Ilonka estuvo a punto de reír, y lo habría hecho si no hubiera estado a punto de llorar. Quería gritarle a esa chica. *No va a regresar a casa. No es tu novio. Ahora nos pertenece a nosotros. Somos los únicos amigos que tiene en verdad, los únicos que entienden por lo que está pasando.*

Él me pertenece a mí.

Pero no dijo nada porque eso molestaría a Kevin.

—Espero que sea pronto —respondió, dándose la vuelta para retirarse.

Fue en ese momento cuando Kevin entró por la puerta.

Cada vez que lo veía, a pesar de que eso ocurría a diario, eran sus ojos los que llamaban su atención. Eran grandes y redondos, color avellana, poderosos sin ser intimidantes. Brillaban con humor e inteligencia. El resto de él tampoco estaba mal, aunque ahora se veía terriblemente enfermo. Su cabello era castaño y rizado, suave como el de un bebé, pese al mechón de canas que se había abierto paso en su cabeza durante las últimas dos semanas. Ilonka no entendía cómo ese cabello había sobrevivido a los rigores de la quimioterapia, por la que sabía que había pasado, pero quizá lo había perdido todo y le había vuelto a crecer. Nunca se había atrevido a preguntar, pensando que aquello llamaría la atención a su propia peluca.

Kevin había sido una estrella de atletismo sólo seis meses antes, la pasada primavera, y tenía la constitución necesaria para ello: hombros anchos, piernas largas y firmes. Ilonka había oído que había obtenido el tercer lugar en los mil quinientos metros planos del campeonato estatal, y de vez en cuando él hablaba de las Olimpiadas y de los grandes corredores que admiraba. También hablaba de los pintores que le encantaban: Da Vinci, Raphael y Van Gogh. El hecho de que fuera a la vez artista y atleta intrigaba a Ilonka.

Sin embargo, no lo amaba por ninguna de esas cosas. Tenía que ver con algo que no se podía ver, algo de lo que ni siquiera se podía hablar. Sin embargo, tal vez, podría ser recordado. De hecho, ella tenía preparada una historia interesante para la reunión del Club de la Medianoche.

Recordó la primera vez que se encontró con Kevin. Llevaba dos días en el Centro antes de que él llegara. Lo había encontrado sentado en el estudio junto a una chimenea, envuelto en una bata de franela roja, acurrucado en una silla con un libro en su regazo. Ella no lo había sabido en ese momento, pero era bastante sensible al frío debido a su estado. Spence, que compartía la habitación con él, bromeaba a menudo diciendo que Kevin debía estar preparándolos para el fuego del infierno, dada la temperatura que mantenía en su habitación.

De cualquier manera, él la observó cuando entró en la habitación y ella nunca olvidó la manera en que sus ojos se clavaron en su cara y cómo los de ella hicieron lo mismo en el rostro de él. Debieron haberse mirado fijamente durante al menos un minuto completo antes de hablar. Durante ese tiempo, Ilonka encontró y perdió algo valioso, un amigo más querido que todas las joyas del mundo. Lo "encontró" porque lo amó desde la primera mirada; lo "perdió" porque obviamente se trataba de un paciente y, presumiblemente, estaba a punto de morir. Él había sido el primero en hablar.

—¿Te conozco?

Ella había sonreído.

—Sí.

Ilonka sonrió cuando Kevin entró en la sala de espera. Llevaba la misma bata de franela roja, su favorita, bajo un abrigo de plumón azul oscuro. Calzaba también unas botas negras, y a ella le preocupó que estuviera pensando en salir. Su rostro se veía demacrado y su color era lamentable. Parecía todavía más enfermo que la noche anterior, e incluso entonces ella había sentido el temor, al darle las buenas noches, de que no despertara. No sonrió como solía hacerlo cuando la veía, sólo tosió. Detrás de ella, oyó a Kathy levantarse de su sitio.

—Ilonka —dijo él—, ¿qué estás haciendo aquí? Hola, Kathy.

—Kevin —dijo Kathy con voz tensa. Era obvio que su aspecto la tenía conmocionada.

—Supe que me estabas buscando —explicó Ilonka—. Vine aquí a buscarte.

Kevin se adentró en la sala, con un andar poco firme. Ilonka quería tenderle una mano, pero no sabía cómo reaccionaría él, sobre todo con Kathy tan cerca. Kevin era, en su mayor parte, fácil de tratar, pero Ilonka había advertido en un par de ocasiones que era sensible a la vergüenza.

—Quería hablar contigo de un par de cosas —dijo él—. Pero podremos platicar más tarde —siguió caminando más allá de ella y dirigió su atención a Kathy; ese simple hecho se sintió como una espada en el costado de Ilonka—. ¿Qué tal el viaje en auto? —preguntó a su novia.

Kathy forzó una sonrisa, sin conseguir borrar el miedo de su mirada. No era tan tonta. Podía notar lo enfermo que él estaba. Ilonka permaneció allí un momento sintiéndose una intrusa. Observó cómo los novios se abrazaban, cómo se besaban. Kathy tomó de la mano a Kevin y lo condujo hacia la puerta principal. Fue en ese momento cuando Ilonka quiso correr tras él y subir la cremallera de su abrigo hasta arriba y arreglarle la bufanda y decirle lo mucho que lo amaba, antes de preguntarle por qué no la amaba a ella y qué hacía con esa *chica* que no lo amaba a él. Pero en lugar de todo eso huyó de la sala de espera.

Unos minutos más tarde se encontraba en el extremo opuesto del Centro, en una habitación vacía que era pequeña y que podría haber sido la recámara de un bebé antes de que la mansión se transformara. Allí, las ventanas daban directamente al amplio jardín que conducía hasta el acantilado del océano. Las olas bramaban aquel día, la espuma salpicaba casi diez metros en el aire cada vez que el oleaje embestía contra las rocas. Tomados de la mano, Kathy y Kevin caminaron hacia el acantilado; el viento frío agitaba sus cabellos. Kevin se veía tan delgado que Ilonka pensó que podría salir volando.

—Si dejas que se moje, pescará una neumonía —dijo en un murmullo—. Y entonces, morirá y será tu culpa —luego añadió—: Perra.

—Ilonka —una voz sonó a sus espaldas.

Ilonka se giró. Era el doctor White, su benefactor; el jefe del lugar. El doc White tenía el nombre perfecto porque su cuidado bigote y su barba eran tan blancos como la primera nieve y sus redondos rasgos rosados lo hacían ver como un buen médico rural, si no es que el mismísimo Santa Claus. Nunca vestía de blanco, como la mayoría de los doctores, sino con trajes de lana oscura, grises y azules, y cuando salía, sombreros de *tweed* que hacían juego con el robusto bastón de madera que siempre lo acompañaba. Entró cojeando en la habitación, sin sombrero, pero con el bastón en la mano, y se sentó en un sillón colocado cerca de los pies de la cama, que ocupaba una buena parte de la estancia. Suspiró de alivio. Su pierna derecha sufría de una severa artritis. Se la había roto cuando era joven, le había contado, al huir de los toros en Pamplona. Se retiró los lentes de montura dorada y le indicó que se sentara en la cama. Su llegada la había sobresaltado y se preguntó si la habría escuchado insultando a Kathy. Se sentó.

—¿Cómo estás, Ilonka? —le preguntó.

El médico siempre era amable con ella y se desvivía por conseguir todo lo que la chica necesitaba. Con tantos pacientes bajo su cuidado, Ilonka no sabía por qué ella merecía tan esmerada atención especial, pero la agradecía. El día anterior, el doctor White le había traído una bolsa con libros de una librería de segunda mano desde Seattle. Sabía lo mucho que ella disfrutaba leer.

—Me siento muy bien —dijo, aunque tuvo que esforzarse para mantener su voz firme. Su dolor al ver a Kevin con Kathy seguía ardiendo en su interior, como un segundo cáncer—. ¿Cómo está usted, doctor White?

Dejó su bastón a un lado.

—Como siempre: contento de poder ayudarles a ustedes, los jóvenes, y frustrado por no poder ayudar más —soltó un nuevo suspiro—. Acabo de estar en el hospital estatal de Seattle, ahí conocí a una chica de tu edad que podría haberse beneficiado de estar aquí. Pero tuve que dejarla fuera porque ya no tenemos más sitio.

—¿Y esta habitación? —preguntó Ilonka.

—Habrá dos camas extra aquí para mañana por la mañana, y luego tres nuevos pacientes a los que ya les había prometido un lugar —se encogió de hombros—. Pero es un problema continuo. No quiero molestarte con esto —hizo una pausa y se aclaró la garganta—. Vine aquí a hablar contigo sobre la prueba que querías programar para mañana.

—Sí, ¿ya está programada?

—Está hecho. Pero me preguntaba si en verdad querías someterte a eso. Ya sabes que estas resonancias magnéticas son eternas y tienes que estar encerrada en esa caja estrecha.

Ilonka sintió un nudo en la garganta que acompañaba al agujero en su corazón. No estaba siendo un buen día.

—¿Sugiere que la prueba podría ser una pérdida de tiempo? En verdad me siento mejor. Creo que mis tumores están disminuyendo de tamaño, definitivamente. He estado tomando todas las hierbas que le pedí que me consiguiera: chaparral, trébol rojo, lapacho. Leí todo lo que pude sobre ellas. Funcionan en muchos casos, sobre todo en cánceres como el mío.

El doctor White dudó antes de hablar, pero sus ojos se mantuvieron firmes en el rostro de Ilonka. Estaba acostumbrado a tratar con casos difíciles y no se acobardaba cuando debía enfrentarse a ellos directamente. En realidad, estaba rompiendo el acuerdo fundamental de un centro de cuidados paliativos al solicitar pruebas adicionales. Un centro de cuidados paliativos era un lugar al que se iba a morir con la mayor comodidad y dignidad posibles. No era un hospital al que alguien ingresaba con la esperanza de recuperarse. Así se lo había explicado a Ilonka cuando la llevó a Rotterham.

—Pero, Ilonka… —dijo con suavidad— tu cáncer ya se había extendido por gran parte del abdomen antes de que comenzaras a tomarlas. Ahora, no estoy en contra de los tratamientos naturales, sé que en muchos casos han dado excelentes resultados, pero en esos casos, casi siempre ha sido cuando la enfermedad se encontraba en sus primeras etapas.

—*Casi siempre* —replicó ella—. No siempre.

—El cuerpo humano es el organismo más complejo de toda la creación. No siempre se comporta como esperamos. Sin embargo, creo que la prueba de mañana será una dificultad innecesaria para ti.

—¿Es muy cara la prueba? ¿Tendrá que pagarla usted con su dinero?

El doctor White hizo un gesto con la mano para desestimar eso.

—Yo estoy encantado de pagar cualquier cosa que te haga sentir mejor. El dinero no es un problema aquí. Tu bienestar lo es.

—Pero ¿cómo sabe que no estoy mejor? Sólo yo sé en verdad cómo me siento, y le digo que los tumores se han reducido.

El doctor White asintió.

—Muy bien, déjame examinarte.

—¿Ahora? ¿Aquí?

—Quiero hacer un examen general de tu zona abdominal. Antes de que llegaras aquí podía sentir los tumores con mis dedos. Quiero ver si todavía puedo sentirlos —el doctor White se puso de pie.

—Pero esto será un examen superficial. Necesitamos ver dentro de mí para saber qué está pasando realmente.

—Eso es verdad. Pero al menos tendremos una idea. Ven, Ilonka, veamos qué tenemos ahí.

Ilonka se recostó con cuidado sobre la cama. Los músculos de su abdomen habían perdido fuerza y le dolió cuando se movió. El doctor White examinó su vientre. Sus manos se sentían cálidas —como siempre, tenía el toque sanador—, pero su contacto la hizo ponerse rígida.

—No tan duro —pidió ella en un susurro.

—Apenas te toqué —respondió el médico.

Ilonka respiró con fuerza.

—Tiene razón, está bien. No duele tanto. Para nada, en realidad.

—Pero la zona está muy sensible —sus dedos palparon un poco más abajo, sobre sus cicatrices.

La habían operado tres veces y la última incisión todavía no había cicatrizado por completo. Sus dedos podrían haber rozado un nervio en carne viva.

—Sentí un tirón ahí el otro día, creo.

—Quiero presionar aquí abajo un poco… —sus manos estaban justo debajo de su última cicatriz.

Ilonka estaba sudando.

—¿Es necesario que haga esto?

—Respira lenta y profundamente.

—¡Ay!

—Lo siento. ¿Te lastimé?

—No. Estoy bien. ¿Cómo se siente?

—Muy abultado. Muy rígido.

Ella forzó una sonrisa mientras una gota de sudor caía en su ojo.

—Usted mismo no estaría mejor si lo hubieran cortado tantas veces como a mí.

El doctor White se apartó.

—Ya puedes subirte los pantalones —él médico le dio la espalda y volvió a su silla. Pero no se sentó. En cambio tomó su bastón y se apoyó en él. Esperó mientras la chica se arreglaba la ropa. Finalmente, repitió—: La zona está muy sensible.

—Pero el tejido muscular ha sido cortado y cosido muchas veces. Es natural que la zona esté sensible. ¿En verdad, puede distinguir entre un músculo abultado y un tumor?

—Sí. Los tumores todavía están ahí, Ilonka.

Eso la hizo retroceder un paso, cien pasos. Asintió débilmente con la cabeza.

—Lo sé. No he dicho que ya no estén ahí. Sólo digo que ahora son más pequeños, y creo que una tomografía de la zona lo confirmará.

—Si crees sinceramente que necesitas esa prueba, mañana te llevaré al hospital.

Ella le sostuvo la mirada.

—¿Usted cree que será una pérdida de tiempo?

—Creo que será una dificultad innecesaria para ti.

—Quiero la prueba —Ilonka se quedó mirando por la ventana.

El doctor White no respondió de inmediato. También miró por la ventana, en la dirección en que se habían alejado caminando Kathy y Kevin. Los dos jóvenes tortolitos no estaban a la vista en este momento y, por ello, Ilonka se sintió agradecida. Miró al doctor. Había una mirada lejana en sus ojos.

—¿Te dije alguna vez que me recuerdas a mi hija? —le preguntó

—No. No sabía que tenía una hija. ¿Cómo se llama?

—Jessica. *Jessie* —golpeó su bastón contra el pie derecho, como para obligarse a volver al presente—. Vendré a buscarte a las diez. Tal vez podamos pasar por el McDonald's después de eso.

No quiso decirle que estaba evitando la comida chatarra.

—Gracias, eso sería maravilloso.

Él se dio la media vuelta.

—Adiós, Ilonka.

—Cuídese, doctor White.

Cuando el médico salió, Ilonka se acercó de nuevo a la ventana para buscar a Kathy y Kevin. Era como si se hubieran acercado demasiado al borde del acantilado y caído para ser arrastrados por el mar. No pudo encontrar ningún rastro de ellos por ningún lado. Sin embargo, en realidad no estaba preocupada por su seguridad. Kathy era joven, hermosa y rica. Tenía mucho por lo que vivir y no querría correr riesgos innecesarios.

Ilonka se dirigió a su habitación. Por el camino se detuvo en el área de enfermería y le pidió a Schratter un Tylenol 3. Le dolía el abdomen, ahí donde el doctor White había palpado. Le dolía todo, sobre todo el alma. Schratter le dio media docena de pastillas y le preguntó si quería algo más fuerte. Pero Ilonka negó con la cabeza porque ella no era como los demás: no necesitaba narcóticos fuertes. Sin embargo, cuando estuvo en su habitación, recostada sobre la cama y cerca de la adormilada Anya, se metió las seis pastillas juntas en la boca, seguidas de un trago de agua. Por lo general, sólo tomaba dos a la vez. Las pastillas tardaban entre veinte y treinta minutos en hacer efecto. Se recostó y cerró los ojos. Eran las cuatro de la tarde. Dormiría unas horas y se despertaría más fresca, lista para otra reunión del Club de la Medianoche. Era todo lo que ansiaba.

Antes de perder el sentido rezó para que lograra soñar con el Maestro.

Y él vino a ella más tarde y le contó muchas cosas.

Pero sólo fue un sueño.

Tal vez.

CAPÍTULO 2

Fue Sandra Cross quien despertó a Ilonka Pawluk, y no Anya Zimmerman. Los primeros momentos de conciencia de Ilonka fueron desorientadores. Su habitación estaba oscura y no podía ver quién la estaba sacudiendo, si es que se trataba de un ser humano. Además, no se sentía como si hubiera regresado por completo a su cuerpo. Seguía caminando junto al Nilo, junto al sabio, bajo la sombra de las pirámides… con un sol miles de años más joven que el que ella conocía. Por instinto, apartó la mano que tenía en el brazo. Fue entonces cuando escuchó la voz de Sandra.

—¿Le pegabas a tu madre todas las mañanas cuando intentaba despertarte para que fueras a la escuela? —preguntó Sandra, con su forma sombría sentada de nuevo en la cama, lejos de Ilonka. No parecía enfadada. Sandra nunca estaba enfadada.

—Mi madre nunca tuvo que despertarme —respondió Ilonka con el corazón acelerado—. Yo siempre me levantaba antes que ella. ¿Qué hora es?

—Casi la medianoche, hora del rock and roll.

—No. ¿En serio? Dios, ¿cómo pude dormir tanto? —en ese momento recordó el puñado de pastillas. Se sentó y apartó las mantas—. ¿Dónde está Anya? ¿Cómo es que no me despertó ella?

—Nos dijo que estabas durmiendo tan profundamente que no había querido despertarte. Pero Kevin pensó que te molestarías si te perdías la reunión.

Ilonka sonrió al pensar en la preocupación de Kevin por ella. Pero su sonrisa no duró mucho. Se acercó a la lámpara y encendió la luz. El resplandor la cegó por un momento. Luego se encontró cara a cara con Sandra Cross.

En Rotterham era tradicional definir a las personas por la enfermedad que padecían. Al menos, la mayoría lo hacía de esa manera, e Ilonka no era la excepción, aunque intentaba no hacerlo. Sandra tenía linfoma de Hodgkin… en etapa terminal, desde luego, aunque su aspecto era relativamente bueno. De hecho, Sandra era la paciente más regordeta en toda la mansión, lo que no quería decir que tuviera sobrepeso, sino tan sólo que no estaba escuálida. Sandra tenía el cabello ondulado y anaranjado, que se volvía rojo si la luz era favorable; unos ojos avellana que nunca pasarían por verdes; unas pecas que no echaban de menos el sol; y una boca que siempre estaba intentando extender con el lápiz labial. Era agradable, pero sencilla, un miembro del club sólo porque quería serlo, no por las maravillosas historias que contaba. De hecho, Sandra todavía no había relatado un solo cuento, pero les aseguraba a todos que una obra maestra estaba en camino. Ilonka tenía sus dudas, aunque en realidad ni siquiera le importaba la presencia de Sandra en el grupo. Necesitaban al menos cinco personas presentes para sentir que hablaban de un grupo.

—¿Cómo te sientes? —preguntó Sandra.

—¿Por qué todo el mundo aquí hace siempre la misma pregunta a los demás?

Sandra rio.

—Porque aquí todos nos vemos como si necesitáramos que nos lo pregunten.

—Tú no —Ilonka entornó los ojos en dirección a Sandra—. ¿Por qué tú no?

—Lo preguntas como si hubiera descubierto un pasaje secreto para salir de aquí.

Ilonka sonrió con gesto soñador.

—¿No sería ésa una historia maravillosa? Que existiera una puerta secreta en este lugar y que, si lograras encontrarla y atravesarla, salieras al mundo real completamente sana. Hey, ¿por qué no cuentas esa historia?

Sandra se veía ligeramente frustrada, que era tal vez como se sentía.

—Yo no tengo tu imaginación, Ilonka. Eres tú quien debería contarla.

—No, creo que esa historia es tuya y tú deberías contarla —un escalofrío la recorrió en ese momento, de la nada, y se llevó la mano a la bata. La ventana estaba parcialmente abierta, debía ser eso: el aire nocturno entraba como un soplo del otro mundo. Tendría que cuidarse para no resfriarse. Llevó sus pies al piso y dijo—: Vamos. No quiero que empiecen sin nosotras.

El Centro de Cuidados Paliativos Rotterham ofrecía sesiones periódicas de asesoramiento para aquellos que todavía no habían asumido su enfermedad. Estos grupos solían estar dirigidos por el doctor White y, en realidad, no eran más que oportunidades para que la gente se desahogara, aunque de vez en cuando el doctor también decía algo útil. Ilonka había asistido a un par de ellas antes de que se formara el Club de la Medianoche y había sentido que eran beneficiosas para aquellos que encontraban consuelo en el dolor compartido. Sin embargo, no creía encajar en esa categoría porque no quería que los demás tuvieran que asumir su dolor. Deseaba que todos pudieran levantarse y salir por la puerta a jugar beisbol, aunque eso significara que todos tuvieran que sentarse en la banca. Al menos esto fue lo que le dijo al doctor White, que no había discutido con ella al respecto.

Pero el Club de la Medianoche era diferente. Se trataba sobre la vida —a veces extremadamente violenta, cierto—, no sobre la muerte. ¿Cómo había empezado? Ninguno de ellos estaba seguro. Spence decía que había sido su idea, pero Ilonka creía que Kevin había sido el primero en plantearlo. Por otra parte, éste señalaba a Ilonka como el verdadero cerebro detrás de la iniciativa. Como sea, la idea había cuajado al instante. Se reunirían en el estudio al filo de la medianoche. Habría un fuego rugiente. Las historias fluirían, ellos volarían con ellas, y las noches serían un poco menos oscuras. Los cuatro ya eran amigos: Spence, Kevin, Anya e Ilonka. Dejaron que Sandra los acompañara en el viaje. Eso era todo, todos estaban de acuerdo, nadie más debía unirse al club. Y lo curioso era que nadie más pedía hacerlo. La hora tardía de sus reuniones tal vez tenía algo que ver con eso. La medianoche era prohibitiva para los enfermos terminales.

Cuando el doctor White se enteró del club, se mostró entusiasta, como sus miembros ya sospechaban. Pero se sorprendió cuando se negaron a permitirle que asistiera; estaba sorprendido, pero no ofendido. Sabía que las mejores terapias eran las que los pacientes mismos creaban. Les ofreció el estudio, la mejor habitación de la casa, y mucha leña. Y les pidió que lo disfrutaran.

Ilonka y Sandra se apresuraron hacia el estudio. Entraron justo cuando Spence alimentaba con otro tronco la ya exuberante fogata. Las paredes estaban revestidas de nogal y la habitación completa olía a madera y a papel antiguo; no era extraño, dado que los numerosos libreros estaban repletos de volúmenes que bien podrían haber llegado con los primeros colonos americanos. Ilonka había encontrado una vez una novela pornográfica francesa de dos siglos de antigüedad en el estudio. Al menos eso fue lo que dijo Spence, quien casualmente estaba pasando por allí en ese preciso momento, y que casualmente leía y hablaba francés. Por supuesto, para ella, el libro podría haber sido sobre el cuidado de niños.

El estudio se centraba en la chimenea, un antiguo bloque de ladrillos tan grande que a menudo bromeaban que tenía el tamaño suficiente para incinerarlos a todos. Aunque la habitación estaba provista de sillones, e incluso de un par de pequeños sofás, ellos elegían reunirse en torno a la pesada mesa de caoba situada en el centro del lugar. Allí, cada noche, colocaban candelabros de plata que habían sacado de otra habitación y los abastecían con largas velas blancas que ardían como las llamas sagradas de una iglesia medieval. Ilonka tomó asiento entre Kevin y Spence, frente a Anya y Sandra. Anya estaba en su silla de ruedas, como de costumbre, con un chal azul alrededor de los hombros. La rigidez de sus facciones delataba el hecho de que estaba sufriendo. Kevin también estaba envuelto en una manta; no se había cambiado desde aquella tarde, salvo para quitarse el abrigo y las botas. Seguía mortalmente pálido. Pero no tenía sentido ir con el doctor White para pedir una transfusión de sangre para él porque el tratamiento iba en contra de las reglas. Sólo se les administraban analgésicos. Ilonka también sentía dolor, pero menos que por la tarde, y sospechaba que el Tylenol aún estaba en su organismo. Todavía no se sentía totalmente despierta.

—Lamento llegar tarde —se excusó.

—Escuché que tenías una cita —aventuró Spence.

Ilonka sonrió al pensar en ello. Nunca había tenido una cita en su vida. La enfermedad la había asaltado a los quince años, seis meses después de la muerte de su madre, y desde entonces ella había deambulado sin parar entre hospitales. Era la más joven del grupo. Su cumpleaños dieciocho sería dentro de cuatro semanas. Spence era el mayor, con diecinueve años. Todos los demás ya tenían dieciocho.

—Sí, no pude deshacerme de él —dijo—. Pero no sabía si me quería por mi cuerpo o por mis drogas.

—Hablando de eso —dijo Anya—, ¿alguien tiene algo? No me siento muy bien.

—Puedes pedirle algo a la enfermera de noche —dijo Sandra.

—Quiero algo ahora —dijo Anya—. ¿Spence?

—Tengo morfina —buscó en su bolsillo y sacó un par de pastillas blancas de un gramo. Spence siempre llevaba analgésicos de más, aunque sólo Dios sabía de dónde los sacaba, porque las enfermeras eran muy estrictas con lo que repartían. Le entregó las pastillas a Anya, que se las tragó con un sorbo de agua. Sandra adoptó una mirada de desaprobación, pero Anya la ignoró. Al resto le daba igual una cosa u otra.

—Comencemos... —sentenció Anya.

Todos se levantaron, excepto ella, y se abrazaron entre sí, diciendo: "Te pertenezco". Era un ritual. Ilonka lo había iniciado en su primer encuentro. Se le había ocurrido o, en realidad, como creía ella ahora, se le había *concedido*. El efecto de saludar a cada persona de esta manera era dramático. Por muy aislados que se sintieran al entrar en la sala, antes de empezar sus historias todos eran una familia. Incluso Anya, tan cabeza dura como era, parecía disfrutar de cada persona que se acercaba a ella y la abrazaba en su silla de ruedas. Ilonka abrazó a Kevin con especial fuerza, e incluso lo besó en la mejilla. Podía aprovecharse un poco en esos momentos.

—Te pertenezco —le susurró al oído. Sintió la clara forma de todos sus huesos entre sus brazos.

—Siempre te perteneceré, Ilonka —dijo él con sentimiento, sorprendiéndola. Él la besó a su vez, en la frente. El gesto significó mucho para ella, más que el resto de su vida hasta ese momento. Era una pena que sus labios se sintieran tan secos. La morfina hacía eso, y también resecaba la garganta. La voz de Kevin siempre sonaba áspera.

Ella sonrió.

—¿Lo dices en serio?

Los ojos avellana de Kevin eran amables.

—Claro. ¿Tienes una buena historia para esta noche?

—La mejor. ¿Qué hay de ti?

—La tuya tendrá que ser muy buena para que supere a la mía —respondió él.

Regresaron a sus asientos y voltearon hacia Spence. Ni siquiera le preguntaron si quería ser el primero porque siempre lo era, y en cierto modo era bueno acabar con la violencia al principio, aunque el inevitable horror de Anya no era la mejor manera de terminar. Ilonka había decidido intentar que Anya fuera la segunda. Spence tomó un sorbo de un té que había traído. Se sentía a gusto en el escenario e Ilonka deseaba que hubiera tenido la oportunidad de convertirse en actor, que era a lo que había aspirado antes de que su tumor cerebral llamara a la puerta. Al igual que Kevin, Spence era un joven con muchos talentos. El chico dejó el té y se aclaró la garganta.

—Esta historia se llama "Eddie da un paso al frente" —comenzó—, y se desarrolla en París.

Kevin soltó un gemido anticipatorio.

—¿Cuál es el problema? —preguntó Spence.

—Mi historia comienza en París —respondió Kevin—. Mueve la tuya a otro lugar.

—No puedo. Necesito la Torre Eiffel. Tú mueve la tuya a otro lugar.

—Yo necesito el Louvre —replicó Kevin.

—Eso no importa —sentenció Ilonka—. Somos los únicos que vamos a escuchar estas historias y a mí, por ejemplo, no me importa que tengamos dos ambientadas en París. Me encanta París. Mi madre fue allí antes de venir a Estados Unidos. La gente es grosera, pero la ciudad es el lugar más romántico del mundo.

Kevin la miró con extrañeza.

—No sabía que habías estado en París.

A ella no le importó que la estuviera mirando tan fijamente.

—¿No has notado el sabor internacional de mi carácter?

—Hey, todo el mundo puede darse cuenta de que estuviste ahí, Ilonka —dijo Spence—. Pero ¿estamos de acuerdo en este asunto? ¿Dos historias que se desarrollan en París en una misma noche?

—Mi historia tomará más de una noche —aclaró Kevin.

—Bien —aceptó Spence con exagerada paciencia—. No tendré una historia de París para mañana por la noche. Ahora, déjenme empezar antes de que alguien más hable.

Spence bebió otro sorbo de té y, entonces, comenzó.

—Éste era un turista estadounidense en París, llamado Edward Maloney, o simplemente Eddie, para abreviar. Tenía alrededor de cuarenta años y era veterano de Vietnam. Su rostro estaba lleno de cicatrices por el napalm que sus compañeros habían rociado por accidente cerca de él, cuando estaban limpiando la selva. Debido a su aspecto tenía problemas para conseguir chicas, a menos que pagara por ellas.

—Empezamos bien —murmuró Anya.

Spence sonrió y continuó:

—Eddie se encontraba en París para obtener un poco de venganza. La mayoría de ustedes tal vez no lo sepan, pero los franceses ya estaban en Vietnam antes de que llegaran los estadounidenses, y en la mente de Eddie habían sido los franceses los que habían empezado la guerra y eran ellos la causa de su miseria. Además, como dijo Ilonka, todo el mundo en la ciudad había sido grosero con él desde el día de su llegada. Eddie pensaba que sólo iba a devolver lo que consideraba que era su deber entregar. La noche en que nos encontramos, Eddie planea subir a lo más alto de la Torre Eiffel con un par de rifles telescópicos de alta potencia y empezar a matar gente, una por una. Verán, Eddie cree que podrá dispararle a la gente durante mucho tiempo antes de que la policía descubra de dónde proceden los disparos. Sus rifles tienen silenciadores, visores de francotirador y un alcance de más de kilómetro y medio.

—Los rifles de francotirador no tienen silenciadores —dijo Anya—. Además, no se puede disparar con precisión a más de kilómetro y medio.

—Por favor, yo sé más de armas que tú. Déjame seguir. Les decía… Eddie no quiere perpetrar esta travesurilla solo. Tiene una antigua novia de la preparatoria que ahora vive en París, y ésa es otra de las razones por las que eligió esta ciudad para hacer su gran declaración al mundo. Ella se llama Linda, y lo dejó por un futbolista cuando él estaba en el frente. Eso fue hace veinte años, pero Eddie la localizó y decidió que estará a su lado cuando comience a disparar. También planea utilizarla como escudo humano cuando la policía descubra por fin de dónde vienen las balas.

"Así que Eddie va a su casa después de medianoche. Él también tiene una pistola con silenciador. Compró todas estas cosas en el mercado negro de París, donde los traficantes de armas trabajan prácticamente en los centros comerciales. Linda está involucrada con un sujeto colombiano, pero Eddie no tiene ningún problema en eliminar al tipo.

—Espera —dijo Anya—. ¿Cómo entró en la casa?

—Nadie en París cierra las puertas con llave —dijo Spence.

—Sí las cierran —reviró Ilonka.

Spence se encogió de hombros.

—Bueno, entonces entró por una ventana. Eddie sigue siendo un escalador bastante bueno, pese a su edad. Como sea, anuló al novio mientras el tipo dormía, luego saltó sobre el pecho de Linda y le puso la pistola en la cabeza. Le dijo: "Grita, nena, y será el último sonido que escuches en esta vida". Linda lo reconoció porque lo había vuelto a ver una vez después de la guerra. Ella sabe que debe mantener la boca cerrada. Eddie le dijo que se vistiera y luego la llevó afuera, hasta su auto.

"Resulta que la Torre Eiffel es el monumento más famoso de París, pero por la noche, cuando está cerrada, su seguridad no es nada comparada con la del Louvre o la de cualquier otro museo famoso. Eso es un hecho y se debe a que no se puede robar la torre. No se le puede hacer casi nada, de hecho, a menos que lleves contigo varios contenedores de dinamita. Pero sí tiene algo de seguridad y Eddie tenía que encargarse de eso para evitar que sonara la alarma antes de que llegara a la cima de la maldita cosa. Sin embargo, tuvo suerte en un aspecto: podía ocuparse de cada nivel de seguridad uno por uno. Si visitas la torre, empiezas por la base, por supuesto, y luego subes alrededor de cincuenta metros para llegar al segundo nivel. Luego, otros cincuenta metros para el tercer nivel. Por último, entras en un elevador que te lleva por el centro hasta la cima. Eddie tenía a Linda con él mientras estacionaba el auto y luego se dirigieron a la planta baja.

—¿Podemos interrumpir si no creemos que algo es plausible? —preguntó Anya.

—No —respondió Spence, visiblemente insultado—. Tú eres la que cuenta historias de demonios y brujas. ¿Qué tan plausibles son ésas? Además, todo lo que estoy diciendo es teóricamente posible. He estado en la torre. Conozco a tipos como Eddie. Es un personaje increíble, que tenía esto planeado desde hace años. Déjame continuar.

"Les decía que con una mano jalaba a Linda, y en la otra llevaba su pistola con silenciador. Hizo que la chica cargara la maleta que contenía los rifles. Eran algo pesados, pero le dijo que si no hacía su parte, le pondría una bala en el cerebro. Ella quería gritar, dado que había unas cuantas personas alrededor, pero decidió esperar a una mejor oportunidad para escapar.

"En la entrada había dos guardias parados tomando café. Eddie no dudó. Les disparó a ambos en el pecho. Rápidamente escondió sus cuerpos. Luego metió a Linda en el elevador que sube al segundo y tercer niveles. Se activa manualmente. Mientras subían, Eddie se sentía bien. Estaba comprometido.

En el segundo nivel, Eddie salió con Linda y dejó la maleta con los rifles adentro. No tenía por qué detenerse allí, podría haber subido al tercer nivel. Pero quería acabar con toda la seguridad de la torre. Había sólo dos guardias en el segundo nivel. Eddie acabó con ellos en un minuto.

—¿Cómo es posible que Linda no haya empezado a gritar todavía? —quiso saber Anya.

—Tiene miedo de que la mate —respondió Spence—. Eso ya lo expliqué. Deja de interrumpirme así y yo no te interrumpiré a ti. Eddie subió al tercer nivel, donde se repitió la misma historia: dos guardias de seguridad neutralizados. Luego llevó a Linda y la maleta al elevador central y se dirigieron a la parte superior.

"Aquí, se encontró con un problema. Sólo había un guardia arriba, pero el tipo ya estaba sobre alerta porque había intentado llamar a sus compañeros de los otros niveles y no había recibido respuesta. Cuando Eddie salió del elevador, el guardia de seguridad le ordenó que se detuviera. Estaba a sólo seis metros de distancia. Eddie se imaginó que el guardia le estaba pidiendo que se detuviera: no hablaba francés. Y Eddie se detuvo, por un momento, pero luego metió la mano en el elevador, sacó a Linda y la sujetó delante de él. Le puso la pistola en la cabeza y dijo: "La mataré". Pero el guardia no hablaba inglés. Además, no quería dar su vida para salvar a la que obviamente era una mujer estadounidense. Apuntó y disparó.

"La bala alcanzó a Linda arriba de la cintura, en el lado izquierdo, y la atravesó. Golpeó a Eddie más o menos en el mismo lugar, sólo que un poco más abajo. La bala había perdido velocidad al abrirse camino a través de Linda, y acabó alojada en el costado de Eddie. Ambos estaban gravemente heridos, pero no lo suficiente para morir, al menos, no directamente. Eddie devolvió el disparo y alcanzó al guardia en el ojo derecho. El tipo cayó muerto. Eddie tenía la Torre Eiffel en su poder. Pero estaba sangrando. Ambos estaban sangrando bastante.

"La cima de la Torre Eiffel tiene una zona de visión interior y otra exterior. Allí arriba el viento siempre está soplando, e incluso en verano hace frío. La puerta del interior estaba cerrada y Eddie no se molestó en tomar la llave del guardia muerto para abrirla. Ni siquiera se molestó en atar a Linda. Estaba sangrando lo suficiente para mantenerla en un lugar, pero no tanto para mantenerla callada. No es que Linda fuera una gran conversadora. Durante todo este tiempo, desde el momento en que él se había encargado de su novio, no habían hablado gran cosa.

—Sí —se quejó Anya—. Me gustaría que hubiera algo de acción entre ellos antes de que la policía los haga volar.

—¿Cómo sabes que va a terminar así? —preguntó Spence.

—Eres predecible —respondió Anya.

Spence se frotó las manos, disfrutando en verdad.

—Te voy a dar algo de interacción. Mientras Eddie cargaba sus rifles comenzó a burlarse de cómo había eliminado a su amigo colombiano, pero Linda se limitó a reírse en respuesta: "La broma es para ti", le dijo. "Llevaba seis meses intentando deshacerme de ese imbécil. Me acabas de hacer un favor." Bueno, eso tomó a Eddie por sorpresa, pero luego vio el humor en ello y rio con ella. Linda se sentó allí, en su creciente charco de sangre, y le dijo lo feo que le parecía con la mitad de su cara quemada.

—Espera un segundo —dijo Anya—. Pensé que ella le tenía miedo.

—Así es —continuó Spence con suavidad—. Pero está perdiendo sangre y se siente un poco mareada, casi ebria. Además, piensa que a estas alturas ya está prácticamente muerta, así que puede desahogarse antes de que él acabe con ella.

Anya asintió, satisfecha.

—Probablemente, yo haría lo mismo. ¿Su insulto hirió los sentimientos de Eddie?

—Sí, pero él tenía trabajo por hacer. Sus rifles tienen visores infrarrojos o de francotirador para poder ver con la misma claridad que si fuera de día. Primero observó el río Sena hasta la avenida de los Campos Elíseos, donde todos los turistas van a comprar y a mirar embobados el Arco del Triunfo. Había algunas personas paseando por ahí, aunque ya eran las dos de la madrugada. Eddie enfocó con su lente telescópico a un anciano.

—¿Por qué a un anciano? —protestó Anya.

—¿Quieres callarte, por favor? —le pidió Spence—. Eddie puede matar a quien se le pegue la gana. Apuntó al viejo y apretó el gatillo. El silenciador amortiguó la mayor parte del ruido y el viento ahogó el resto. A más de un kilómetro de distancia, el hombre cayó al suelo. Algunas personas corrieron para ver qué había pasado. Vieron la sangre, la herida de bala y observaron con ansiedad a su alrededor. Eddie sonrió: se sentía bien, como si hubiera regresado a Vietnam. Ah, se me había olvidado mencionar que a Eddie le había encantado su periodo de servicio en el ejército, hasta que le frieron la cara. Para él, Vietnam había sido como una visita a Disneylandia.

"Detrás de él, Linda preguntó si le había disparado a alguien. Eddie respondió: "Sí, uno menos, ya sólo faltan cien". Linda lo maldijo. Era rara, pero no era una asesina. Se había alegrado cuando vio que le disparaba a su novio, pero eso no significaba que quisiera ver caer a un montón de inocentes. Intentó frenar la matanza preguntándole qué había hecho desde la última vez que se habían visto. Como si Eddie estuviera interesado en contarle la historia de su vida. Después de todo, ella había huido de él a los brazos de otro hombre y lo había conducido por el oscuro camino de la locura.

"Sin embargo, acabó hablando con ella porque no tenía a nadie más con quien charlar. Pero continuó moviéndose por la parte superior de la torre, matando personas, una por una, en diferentes secciones de la ciudad. Debajo de él vio a la policía y las ambulancias dirigiéndose apresuradamente hacia cada una de sus víctimas. No tenían forma de saber de dónde procedían las balas, eso pensaba él. Le contó a Linda cómo había sido incapaz de encontrar trabajo al regresar a casa y cómo había tenido que recurrir a las drogas para lidiar con el dolor que sentía en la cara. Cómo había terminado volviéndose adicto y cómo había empezado a robar para poder mantener su vicio. Sorprendentemente, Linda se mostró comprensiva.

—¡De ninguna manera! —interrumpió Anya.

—No soy tan predecible, ¿cierto? —dijo Spence, sonriendo.

—Es fácil ser imprevisible cuando se es incoherente —replicó Anya.

—Todo esto encaja a la perfección —continuó Spence—. Déjame terminar. Eddie tal vez había matado alrededor de treinta personas o, al menos, las había herido gravemente, cuando Linda soltó su bomba: dijo que justo antes de que Eddie se fuera a la guerra la había dejado embarazada y que ella había tenido a la bebé, a su hija. Eddie estuvo a punto de caer de la torre al escuchar la noticia. Quiso saber dónde estaba la niña, cómo se llamaba, por qué no le había hablado de ella cuando regresó a casa. Linda sólo se burló de él. Le dijo: "¡Mírate! ¿Qué clase de padre habrías sido?". Eddie, y esto hay que concedérselo, entendió lo que ella le estaba diciendo.

"Aun así, quería saber de su hija. Dejó sus rifles en el suelo, sacó su pistola y la puso contra la sien de Linda. Para ella había sido fácil burlarse cuando estaba ocupado matando a otros, pero tener la boca del cañón presionada en su cabeza la asustó. Eddie le dijo: "Cuéntame de ella o acabaré contigo ahora mismo". Así que Linda le habló de Janice. Tenía veinte años, naturalmente, y vivía en París. De hecho, estaba dormida en la habitación de al lado cuando Eddie irrumpió en su casa. Ésa había sido una de las razones por las que Linda había salido tan tranquila con Eddie, para evitar que Janice despertara y la mataran también.

"Eddie estaba teniendo una noche infernal. El mismo día que había elegido para dar a conocer al mundo lo mucho que lo odiaba, se había enterado de que tenía una hija. Linda le explicó que le había dicho a Janice que su padre había muerto en Vietnam como un gran héroe. Eddie seguía sacudiendo la cabeza con incredulidad. Finalmente bajó el arma y dijo que debía ver a su hija antes de que vinieran por él. Linda dijo: "No, hasta que tires todas tus armas".

"Eddie no quería hacer eso. Planeaba tener un gran enfrentamiento con la policía antes de dejar el planeta. Además, sabía que no necesitaba a Linda para encontrar a Janice, puesto que ya había estado en su casa. Pero Linda se rio cuando él lo sugirió. "Janice se va a trabajar muy temprano", dijo. "Ya se habrá ido para cuando llegues. Sólo yo puedo llevarte con ella".

"Eddie consideró lo que ella le estaba diciendo. Se dio cuenta de que no estaría libre el tiempo suficiente para esperar a que Janice volviera a casa, después de su trabajo. De pronto, ver a su hija le interesaba más que matar. Recogió sus dos rifles y su pistola, y los arrojó por la borda. "Vamos a verla", le dijo a Linda.

"Todo este tiempo, los dos habían estado sangrando y ambos se encontraban debilitados. Además, la policía francesa no era tan estúpida como Eddie había imaginado. Ya habían determinado que el asesino que estaba aterrorizando París debía estar en lo alto de la Torre Eiffel. Justo cuando Eddie y Linda se preparaban para salir, llegaron tres helicópteros de la policía. Al mismo tiempo, nuestra feliz pareja vio a dos docenas de hombres uniformados subiendo las escaleras de la torre. El elevador no es el único camino hacia la cima. Al ver todo esto, Eddie le dio un golpe al barandal. Esperaba que lo atraparan, pero también esperaba llevarse a muchos policías con él. Ahora no tenía nada con qué dispararles.

"Pero había otra arma en lo alto de la torre, la misma que los había herido. El arma del guardia de seguridad muerto. Linda no la había olvidado. Fue por ella mientras Eddie golpeaba el barandal, y ahora le tocaba a ella ponerle un cañón de acero en la sien y decirle: "Haz lo que te digo o te volaré los sesos". Linda pudo ver cómo se acercaban los helicópteros. La policía ladró sus órdenes y ella saludó a los tipos con la mano. Pero, por supuesto, sus órdenes eran en francés y Linda tampoco podía entenderlas porque su francés no era muy bueno. Eddie comenzó a alejarse de ella mientras Linda saludaba a los policías. Los poderosos rayos de luz barrieron la parte superior de la torre y mostraron a Linda blandiendo un arma y a un Eddie ensangrentado que se alejaba de ella, asustado. ¿Qué podían pensar? Abrieron fuego contra Linda y le volaron literalmente la cabeza.

—¡No! —gritó Anya—. ¿No me digas que Eddie escapó?

—Lo arrestaron, claro, y lo retuvieron para interrogarlo. Pero como no había sido él quien sostenía el arma cuando llegó la policía, pensaron que Linda era quien disparaba. El hecho de que Eddie estuviera herido corroboró esta teoría. Además, el colombiano con el que Linda había estado saliendo era un personaje en verdad muy malo. Pensaron que los dos eran una banda. Dejaron ir a Eddie. Él volvió a su casa en Estados Unidos con su hija, Janice, que lo adoraba porque se suponía que era un gran héroe de guerra.

—¿Y vivieron felices para siempre? —gruñó Anya.

Spence se encogió de hombros:

—Nadie vive feliz para siempre en la vida real.

—Como si tu historia fuera fiel a la realidad —replicó Anya. Pero luego sonrió—. Me gustó. Me cayó bien Eddie. Estaba realmente enfermo, como algunas personas que conozco en este lugar.

—La imagen de un loco en lo alto de la Torre Eiffel matando gente y sin que nadie supiera que estaba allí arriba me pareció inquietante —dijo Ilonka. Sin embargo, muchos aspectos de la historia le habían parecido superficiales, como la repentina inclusión de la hija. Sospechaba que Spence la había introducido sobre la marcha. Pero no lo dijo porque ella nunca criticaba las historias de los otros. No quería que luego criticaran las suyas. Además, la belleza de una historia de Spence radicaba en su espontaneidad. Él siempre estaba algo fuera de control.

—Me pareció un poco violenta —dijo Sandra.

—¿A qué te refieres con "un *poco*"? —preguntó Spence, aunque no lo dijo ofendido—. Fue *extremadamente violenta*. Me gusta la violencia. Toda la naturaleza es violenta. Los animales siempre se matan entre sí.

—No somos animales —continuó Sandra.

—Yo sí —dijo Spence.

—Me gustó mucho —intervino Kevin—. Puro cuento sin sentido. Encaja. ¿Quién sigue?

—¿Por qué no sigues tú, Anya? —sugirió Ilonka.

—Creo que es el turno de Sandra —reviró Anya.

Sandra se sonrojó.

—Esta noche estaré en modo de escucha.

—Oh, sólo empieza y algo saldrá —dijo Spence—. Habla de un ataque terrorista. Habla del regreso de la peste negra...

—Si Sandra no tiene una historia, está bien —continuó Kevin—. Anya, ve tú primero. Yo quiero ser el último y sé que Ilonka quiere pasar antes que yo para que sea un acto difícil de superar.

Anya asintió, un poco más relajada. El medicamento se estaba abriendo paso a través de su torrente sanguíneo. Tomó un sorbo de agua y comenzó.

—Esta historia se titula: "El diablo y Dana". Dana vivía en un pequeño pueblo de Washington llamado Wasteville, donde todo el mundo desperdiciaba su vida trabajando y yendo a la escuela. Dana era rubia y muy sensual, pero había sido formada por una educación estricta y sentía que todo lo que una chica podía hacer para divertirse era un pecado. Tanto su madre como su padre eran tan de derecha que parecían pájaros de una sola ala, aleteando siempre en círculos. Sin embargo, Dana tenía una mente sucia, que la atormentaba constantemente. Ella quería salir con chicos. Quería sexo, drogas y rock and roll. Le rezaba a Dios para que la liberara de esos bajos deseos, pero al mismo tiempo rogaba para que éstos se cumplieran. ¿Qué puede hacer Dios con esa clase de plegaria? El diablo vino a ella en su lugar.

"Entró justo cuando Dana se estaba arrodillando a los pies de su cama antes de retirarse a dormir. Ya conocen al diablo, puede ser un tipo bastante sexy cuando se lo propone, y esa noche iba vestido con el cuerpo de James Dean, jeans azules ajustados, chamarra de cuero negra y botas. Tenía el cabello engomado y estaba fumando un cigarrillo. Dana lo miró y parpadeó. Nunca había tenido una visión. "No te preocupes", le dijo el diablo. "No muerdo". Señaló su cama: "¿Puedo sentarme? Quiero hablar contigo".

"Dana asintió y él se sentó en la cama, a su lado. Claro, ella quería saber quién era, así que él se lo dijo. "Soy el diablo", se presentó. "Pero no te preocupes, no soy tan malo como dice la gente".

"Dana no sabía si estaba hablando en serio o no, pero no discutió con él, sobre todo porque le había parecido bastante guapo. Dana había nacido mucho después de la muerte de James Dean y ni siquiera se dio cuenta de que estaba hablando con una especie de aparición. Se limitó a preguntar: "¿Y qué te trae por aquí?".

"Bueno, el diablo dio una calada a su cigarrillo y le explicó que estaba allí para hacerle una oferta. "Tú quieres ser una chica fiestera", dijo. "Y quieres ser la mejor estudiante. Eres como dos personas en un solo cuerpo y eso no está funcionando. Yo puedo ayudarte con tu problema. Puedo hacer otra tú, una doble perfecta. Puedes estar en los dos cuerpos al mismo tiempo. Puedes experimentar todo lo que tu doble está experimentando, ya sea sexo, drogas o rock and roll. Puedes hacerlo incluso mientras estás en la iglesia, rezando".

"Entonces, preguntó Dana: "¿Cómo puedes hacer otra yo?".

"El diablo le explicó: "Soy el diablo. Puedo hacer cualquier cosa que quiera".

""¿En serio?", preguntó Dana, escéptica. En ese momento empezó a fijarse en el joven. Se dio cuenta de que por más que él fumara, su cigarrillo no se hacía más corto.

""Mi charla no va a convencerte", dijo el diablo. "Pero si aceptas mi pequeño trato y hago otra tú, tendrás que ser una creyente. ¿Qué dices?".

"Ahora, Dana empezó a sospechar, porque si él era el diablo, ¿por qué le ayudaría? "¿Qué quieres a cambio?", le preguntó.

"El diablo sonrió, lo que siempre tenía un efecto maravilloso en las mujeres. "Nada".

""¿Nada? ¿No quieres mi alma?".

"El diablo agitó su mano con desdén. "No. No necesito ganar almas. Ésa es la propaganda que recibes de tus sacerdotes y ministros. Muchas almas vienen a mí sin que yo mueva un dedo. No, estoy aquí para darte un cheque en blanco. Lo único que te pido es que, si aceptas este acuerdo, tendrás que permanecer en él durante al menos un año.

"Dana estaba interesada. "¿Y puedo prolongar a mi doble por otro año después de eso, si yo quiero?".

""Sí. Si al cabo de un año se sienten satisfechas con el arreglo", continuó el diablo, "incluso podrían ser trillizas".

"Su oferta sonó bien a oídos de Dana. Ella pensó que podría ir al sur de Los Ángeles y tener toda la diversión que quería, mientras su doble permanecía en Wasteville para hacer todas las cosas que su madre y su padre querían que hiciera. Pero había una cosa que le molestaba.

""¿No será un poco confuso estar en dos cuerpos al mismo tiempo?", preguntó.

""Tienes dos mentes en tu cuerpo ahora mismo. Te acostumbrarás." Le ofreció su mano libre, que estaba desprovista de líneas. "¿Tenemos un trato, Dana?".

""¿No necesitas una gota de mi sangre o algo así?".

""No. Tengo toda la sangre que necesito. Un simple apretón de manos será suficiente".

"Dana estrechó su mano. El diablo sonrió y apagó su cigarrillo en el suelo, lo cual molestó a Dana, porque era muy pulcra. Entonces, él se levantó y expulsó la última bocanada de humo, y he aquí que el humo se hizo sólido y se moldeó en una réplica exacta de Dana. En ese momento, ella se sintió como si estuviera en dos sitios a la vez, y así era, en efecto. La sensación era desorientadora, pero genial. Su doble la miraba fijamente, y ella miraba fijamente a su duplicado, porque estaba en los dos cuerpos a la vez. El diablo se interpuso entre ellas y miró a una y a otra.

""Ahora recuerden lo que les dije", señaló. "Tienen que ser dos personas durante al menos un año".

""¿Por qué pones esa condición?", preguntaron las dos Danas al mismo tiempo.

"Como respuesta, el diablo esbozó una sonrisa astuta y entonces se desvaneció.

"Ahora, se podría pensar que las dos Danas habrían tenido mucho de qué hablar. Pero la verdad es que no tenían nada que decirse porque habría sido como hablar con ella misma. Sin embargo, enseguida tuvieron una discusión. La doble, a quien llamaremos Dana Dos, empezó a salir de la casa. Tenía la misma idea que había tenido Dana: ir a Los Ángeles para salir de fiesta. Pero la Dana original quería que su doble se quedara, porque quería ser ella la que se fuera a Los Ángeles. Discutieron durante unos minutos, pero luego se dieron cuenta de que era una discusión que ninguna de las dos podría ganar. Además, ni siquiera importaba, porque aunque fueran dos, cada una podía sentir lo que la otra sentía exactamente. Así que al final, la Dana original dejó que Dana Dos se fuera. A Dana le preocupaba que sus padres pudieran notar algo raro en la creación del diablo, aunque la verdad era que ni siquiera ella había notado ninguna diferencia.

"Al día siguiente, Dana se despertó muy temprano, a la misma hora que Dana Dos. Esto fue algo que ella, o ellas, notaron enseguida. Las dos Danas debían despertarse a la misma hora e irse a la cama a la misma hora porque la otra la mantendría despierta. Era un fastidio, pero Dana pensó que valía la pena por toda la diversión que podría disfrutar, indirectamente, a través del cuerpo de su doble. Cuando Dana Dos despertó, estaba en un autobús que se dirigía a Los Ángeles. Dana le había dado a su doble todo el dinero que tenía o, mejor dicho, su doble lo había tomado. Para el caso, era lo mismo.

"Dana fue a la escuela y tuvo un día terrible porque el autobús en el que viajaba su doble era incómodo y el viaje de Washington a Los Ángeles era largo. Se pasó todo el día deseando poder bloquear lo que estaba viviendo su doble. Pero pensó que las cosas mejorarían cuando su doble se acomodara. Esa noche, Dana se acostó pronto porque su doble estaba agotada.

"El día siguiente fue mejor. Dana Dos estaba por fin en Los Ángeles y en la playa, tomando el sol en un revelador bikini. Sentada en clase, la Dana original podía sentir el calor del sol en sus piernas y su pecho, y la arena granulada bajo su trasero. No sé si ya había mencionado esto: Dana tenía dieciocho años y era el sueño de cualquier estudiante. Era rubia y de ojos azules, y tenía unos pechos que podrían haber pasado por implantes si no tuvieran tan buen rebote. Dana Dos no tardó en llamar la atención del salvavidas. Empezaron a platicar y así fue como Dana Dos tuvo su primera cita. La Dana original nunca había salido con chicos. Sus padres no le daban permiso.

"Los padres de Dana estaban sentados viendo la televisión junto a su hija, una película de Disney sobre animales peludos que intentan sobrevivir a un invierno cruel, cuando el salvavidas llevó a Dana Dos a su casa para que tomaran una copa. Antes, él y Dana Dos habían cenado con vino. Ya se podrán imaginar lo difícil que resultaba para la Dana original mantener la compostura mientras estaba sentada con sus padres. En especial, cuando el salvavidas empezó a besar a Dana Dos muy larga e intensamente, y a acariciarle los pechos. Dana le preguntó a su padre si podía ausentarse, pero su padre negó con la cabeza. A él le gustaba que hicieran cosas juntos, en familia.

"Así que Dana perdió su virginidad compartiendo la misma habitación que su mamá y su papá, por así decirlo. Me encantaría poder decir que fue capaz de no gritar cuando tuvo su primer orgasmo, pero estaría mintiendo. Dana soltó un grito verdaderamente enorme, al igual que su doble, y la madre de Dana estaba tan impactada de ver a su amada hija en tal estado que insistió a Papá para que llevara a la chica a urgencias. Dana sonrió durante todo el trayecto al hospital, y los médicos no pudieron encontrar nada malo en ella, excepto una presión arterial ligeramente elevada.

"El tiempo pasó y la vida fue interesante para Dana. Porque Dana Dos en verdad se había mudado a la gran ciudad. No se quedó mucho tiempo con el salvavidas. El tipo tenía el fetiche de no llevar nunca camisa, y cuando salían a pasear siempre los miraban. A continuación, se involucró con un productor de cine que la dejó quedarse en su casa. El tipo, que respondía al nombre de Chuck, había tenido éxito con un par de películas de bajo presupuesto, pero no era un gran productor ni mucho menos. Todavía estaba luchando para hacerse de un sitio en el medio. Le dijo a Dana Dos que veía potencial para ella en la gran pantalla, y ella le creyó. *Ambas* le creyeron. Entonces, Chuck hizo que Dana Dos conociera el edulcorante de bajas calorías favorito de Hollywood: la cocaína. Dana Dos tenía la nariz para eso; aunque no las neuronas, desde la primera inhalación. Le encantó esa porquería. Se la pasaba drogada la mitad del día y la Dana original se sentaba en su salón de clase con los ojos vidriosos y garabateaba en sus libros de texto. Dana empezó a obtener malas calificaciones en la escuela, pero no le importó porque pronto sería una estrella de cine. También le gustaba Chuck, porque era un tipo divertido. El sexo con él, sobre todo cuando estaba drogada, era como desvanecerse y visitar el cielo. En secreto, Dana se preguntaba algunas veces por qué el diablo no se cambiaba el nombre por el de Dios, y hacía del mundo entero un lugar feliz. No sentía más que gratitud hacia él.

"Pero ese sentimiento no duró mucho porque la situación de Dana, de las dos, cambió rápidamente. Dana Dos llegó a casa un día y encontró a Chuck en la cama con otro chico. Él le pidió que se uniera a ellos, pero Dana Dos había sido educada de forma estricta y una chica sólo podía renegar de sus principios hasta cierto punto. Se fue de la casa de Chuck y no regresó.

"Ahora Dana Dos tenía un problema, y eso significaba que la Dana original también lo tenía. Dana Dos no tenía dinero para mantener su adicción a la coca, que le demandaba quinientos dólares al día. Empezó a sufrir el síndrome de abstinencia, y la Dana original también. Esto le impedía ir a la escuela, y ni qué decir de sacar buenas calificaciones. El padre de Dana no estaba contento con el comportamiento de su hija y la azotó en repetidas ocasiones, al mismo tiempo que Dana Dos vagaba por las calles de Los Ángeles en busca de un lugar para dormir, alimentos para comer y drogas para inhalar. Era una vida miserable para ambas chicas.

"Pasaron así algunos meses. Podría entrar en más detalles sobre cómo las cosas se fueron deteriorando paulatinamente para ambas, pero no creo que sea necesario. Basta con decir que Dana terminó expulsada de la escuela y castigada permanentemente, mientras Dana Dos terminó sin hogar y maltratada. Entonces, al fin, Dana tuvo suficiente de esta situación. Quiso abandonar el trato. Rezó al diablo para que se deshiciera de su doble, pero éste no respondió a su plegaria. Su doble debía estar consciente de su oración y debió decirle al diablo que se mantuviera alejado. Ahora bien, esto podría parecerles una contradicción, que las dos quisieran cosas diferentes. Pero no lo es porque, como había dicho el diablo, eran como toda adolescente compartiendo dos mentes en un solo cuerpo. Ella no quería *esto* en lugar de *aquello*. *Esto* era bueno y *aquello* era malo. Pero *aquello* se apoderaba de su mente porque todo cuerpo anhela siempre lo que está prohibido.

"Ahora Dana no le rezaba ni al diablo ni a Dios. Estaba asqueada de Dios. Pensaba en lo idiota que debía de ser porque cuando creó a Adán y Eva en el Jardín del Edén les dijo que podían tener todo lo que quisieran a excepción de la fruta del árbol del conocimiento. Creía que Dios era un psicólogo bastante estúpido porque, por supuesto, ellos querrían lo que no podían tener. O bien, Dios sabía lo que hacía y estaba simplemente jugando con ellos. Cualquiera que fuera el caso, Dios no había creado al diablo y Dana se sentía manipulada. Decidió tomar el asunto en sus manos porque no podía soportar vivir todo un año dividida en dos: mataría a su doble.

"En el momento en que tomó su decisión, su doble lo supo, por supuesto. Uno esperaría que su doble simplemente huyera. Pero eso no funcionaría porque Dana sabría adónde iba Dana Dos. En el momento en que la Dana original decidió que su doble tenía que desaparecer, Dana Dos decidió que la Dana original tenía que desaparecer. Cada una culpaba a la otra de sus problemas, aunque intelectualmente entendían que se estaban culpando a sí mismas. Pero de qué sirven los pensamientos meditados cuando te sientes miserable, ¿cierto? Querían salir de ahí. Una de ellas tenía que desaparecer.

"El padre de Dana tenía una escopeta de caza. Dana la robó junto con su auto y condujo hacia el sur, en dirección a Los Ángeles. Dana Dos pudo verla venir y pensó en esperar a que llegara. Pero no quiero decir que Dana Dos esperara despreocupadamente, sin hacer nada. Consiguió su propia arma, una pistola, y trató de elaborar una estrategia. Pero fuera lo que fuese que se le ocurría, podía ver que Dana se reía de ella. Ambas se retaron, telepáticamente: "Al diablo, veamos qué sucede cuando nos encontremos".

"Y se encontraron, al final de un callejón de mala muerte en una de las zonas más peligrosas de Los Ángeles, a altas horas de la noche. En realidad, a la medianoche. Dana llegó al callejón y apuntó su escopeta directamente contra

Dana Dos, quien tenía su pistola apuntando a la cabeza de la Dana original. Las dos se acercaron cada vez más, hasta que parecía que una de ellas tenía que disparar. Pero si una dudaba, la otra también lo hacía. Se acercaron a menos de tres metros la una de la otra, y todavía ninguna había disparado.

""Bueno", se burló Dana Dos. "¿Cuál es el problema? ¿Tienes miedo?".

""Sí, tengo miedo", respondió la Dana original. "Y tú también tienes miedo".

"Dana Dos asintió. "Eso es verdad. Pero fue tu idea conducir hasta aquí para matarme".

""Si fue mi idea, entonces tú la metiste en mí".

""*Touché*. Así que al menos reconocemos que nos estamos culpando mutuamente de nuestros problemas. Eso es un comienzo. ¿Cómo vamos a llegar al final?".

""Una de las dos tiene que desaparecer", dijo Dana. "Lo sabes tan bien como yo. Y considerando que yo ya estaba aquí primero, debería ser la que permanezca".

""¿Cómo sabes que eres la que estuvo aquí primero? ¿Cómo sabes dónde estabas parada o sentada cuando el diablo me hizo a mí o a ti? Es un diablo astuto, como bien sabes. Además, ¿qué importa eso? Soy igual que tú. Merezco vivir tanto como tú".

""Y mereces morir en igual medida", dijo Dana con el dedo en el gatillo de su escopeta.

"Continuaron apuntando sus armas directamente la una a la otra. Ambas sudaban. Las dos eran exactamente iguales, salvo que lo que estaban mirando no era *exacta-*

mente lo mismo, aunque cada una estaba mirando a la otra. Sus perspectivas eran un poco diferentes, el lugar en el que estaban, la ropa que vestían. Eso enriquecía el drama.

""¿Se te ha ocurrido que si me matas podrías estar matando la parte divertida de ti, de quien eres?", preguntó Dana Dos. "¿Que tal vez el diablo nos dividió un poco, y que si yo desaparezco, toda la diversión desaparecerá de tu vida?".

""¿Y a ti se te ha ocurrido que si me matas podrías estar matando todo lo bueno de tu vida?", preguntó la Dana original.

""No", dijo Dana Dos. "Y a ti tampoco se te ha ocurrido porque no te sientes nada buena viviendo en casa con ese par de locos".

""Eso es verdad", admitió Dana y se dio un momento para reflexionar. "Entonces, ¿qué vamos a hacer? No vamos a pasar un año entero tal como están las cosas".

""Estoy de acuerdo".

""Una de nosotras debe dejar que la otra le dispare", dijo Dana.

""Estoy de acuerdo, yo te dispararé".

""¿Y qué tal si yo te disparo a ti?", objetó Dana.

""¿Y si disparamos las dos al mismo tiempo?", propuso Dana Dos.

""Entonces, ambas podríamos morir", dijo Dana.

""Pero lo haremos de cualquier manera. Porque en el momento en que tú dispares, yo lo haré también. Y viceversa".

""Pero tal vez esto es justo lo que el diablo quería", dijo Dana. "Tal vez ya había previsto todo esto. Si ambas morimos, él habrá ganado y quizá terminaremos las dos juntas en el infierno".

""Ése es un buen punto", respondió Dana Dos. "Pero no lo sabremos hasta que lo intentemos".

""Yo tengo una escopeta", dijo Dana. "Tú sólo tienes una pistola. Necesitarás un disparo afortunado para matarme".

""Mi pistola es una cuarenta y cinco", aclaró Dana Dos. "No necesito tener tanta suerte, en realidad". Hizo una pausa. "Vamos, las dos dispararemos y las dos lo sabemos. Sólo hagámoslo. Disparemos a la cuenta de tres. Pero no hagamos trampa porque es lo menos que podemos hacer la una por la otra. ¿Estás de acuerdo?".

""Sí", dijo Dana. "Uno...".

""Dos", dijo Dana Dos.

Anya dejó de hablar y tomó un sorbo de agua. Fue un trago largo, en realidad.

—¿Y luego? —apremió Spence—. No nos digas que no sabes lo que pasa después.

—Sí lo sé —respondió Anya de mala gana, con un rostro extrañamente serio.

—Ya dinos, por el amor de Dios —insistió Ilonka, que estaba por completo cautivada por la historia.

Anya se permitió una leve sonrisa.

—Considerando que ésta es una historia sobre pactos con el diablo, Ilonka, encuentro irónica tu elección de palabras. Pero déjenme contarles lo que sucedió. Ambas dispararon a la cuenta de dos. Ambas trataron de hacer caer a la otra. Una de ellas murió, la otra quedó gravemente herida, lisiada para el resto de su vida. Es una historia triste, lo sé. Durante el resto de sus días, una de las Danas estuvo confinada a una silla de ruedas. Luego, hacia el final de esos días, el diablo se acercó a ella de nuevo, todavía con el aspecto de James Dean. Tenía un nuevo cigarrillo, sin embargo, y le preguntó si quería hacer otro pacto con él. Al principio, ella se negó pensando en lo que había pasado la primera vez. Pero el diablo insistió. Le dijo: "Si haces este trato conmigo, nunca experimentarás el infierno".

"Eso llamó su atención. Preguntó qué tenía que hacer.

""Mátate", dijo el diablo. Señaló su cuerpo arruinado. "Mátate y este infierno terminará para ti. Deberías haberte matado hace mucho tiempo".

""Pero ¿qué pasaría con mi alma?", preguntó ella.

El diablo sacudió la cabeza.

""Sólo Dios sabe".

""¿Es cierto eso?", preguntó Dana.

""¿Te he mentido alguna vez?", le preguntó el diablo.

"Ella reflexionó por un momento.

""Supongo que no. Pero lo que estás diciendo es que no lo sabes".

""No lo sé", aceptó el diablo. "Para decirte una verdad todavía más grande, ni siquiera sé si existe Dios. Es uno de esos misterios que son difíciles de descifrar". Se detuvo. "De cualquier manera, ¿quién eres, Dana Dos o la original?".

"Dana negó con la cabeza.

""No puedo recordarlo".

"El diablo asintió.

""Buena suerte para ti, Dana".

"Luego, se desvaneció.

Anya hizo una pausa y tomó otro sorbo de agua. Los estaba haciendo esperar. Finalmente miró a su alrededor, al parecer disfrutando de su breve momento de poder sobre ellos y se rio.

—Eso es todo, amigos, la historia termina ahí.

Spence protestó:

—No puedes hacernos eso.

—Sinceramente, no sé qué pasará después.

—¡Inventa! —dijo Spence.

Anya le sostuvo la mirada durante un largo momento, su seriedad había vuelto a su rostro.

—Yo no invento las cosas, Spence. Ya lo sabes.

Spence se quedó callado por un instante.

—Bueno —dijo finalmente—. Tuvo un comienzo infernal.

—Fue un éxito hasta el final —aplaudió Kevin con entusiasmo.

—Me gustó —admitió Sandra.

—Si fuera un libro, compraría dos ejemplares —acentuó Ilonka.

—Hey, ¿por qué no te ofreciste a comprar mi historia? —preguntó Spence.

—El tuyo era de ésos que sacas de la biblioteca —respondió Ilonka.

—O de los que pides prestado a un amigo —secundó Kevin, uniéndose a la diversión.

—Para cuando mueres de aburrimiento —añadió Anya. Hizo una pausa y se sonrojó de repente. Siguió hablando en voz baja—. Gracias por escucharme y no interrumpirme. En verdad quería que todos escucharan esta historia. Parecía tener un montón de cosas que... yo... no sé.

—¿Qué? —preguntó Ilonka.

—No es nada —dijo Anya removiéndose en su silla de ruedas, tal vez el mismo tipo de silla en la que había acabado Dana al final—. Te toca, Ilonka. ¿Cuál es el título de tu historia?

Ilonka no había considerado esa cuestión.

—No tiene título.

—Invéntale uno —la apremió Spence.

—No puedo.

—¿Por qué no? —preguntó Spence.

Ilonka dudó.

—Es una historia de una de mis vidas pasadas.

La habitación se aquietó de inmediato sumida en un silencio sepulcral. Spence estaba sonriendo, al igual que Anya. Sandra parecía confundida. Sólo Kevin la observaba con atención, estudiándola.

—¿Recuerdas tus vidas pasadas? —preguntó.

Ilonka tuvo que tomar aire. Se dio cuenta de que estaba temblando, tal vez a causa de la vergüenza. No había querido decir que la historia era de su pasado, tan sólo se le había escapado.

—No lo sé —respondió ella—. Creo que sí.

—¿Alguno de nosotros está en esa vida pasada? —preguntó Kevin.

Ilonka miró fijamente sus ojos color avellana, tan cálidos y acogedores como una brasa en una pradera invernal, y creyó sin duda alguna que los había visto antes, dos semanas antes. Sin embargo, fue extraño que en ese momento le mintiera.

—No —dijo—. Sólo estoy yo.

Kevin continuó estudiándola, con los pómulos altos y la piel tan suave y pálida como la de un vampiro.

—Interesante —añadió—: cuéntanos tu historia.

—Esto se ubica en Egipto hace veintiséis mil seiscientos cincuenta años —comenzó Ilonka—. Sé que eso es unos trece mil años antes de cuando se supone que existió el antiguo Egipto, pero así es como llegó a mí. En aquella época había pirámides cerca del Nilo, pero el río no corría por el mismo lugar por donde lo hace ahora, sino diez kilómetros más al este. Como sea, estos detalles no son importantes y si no los creen, en realidad no importa.

"Me llamaba Delius. Al comienzo de esta historia tenía unos veintisiete años, era alta y delgada, muy sobria. No estaba casada, pero había un hombre en mi vida, un hombre en verdad muy grande. Era mi Maestro. No recuerdo su nombre. Creo que es porque siempre le llamaba "Maestro". Era como Jesús, Buda o Krishna. Estaba lleno de lo divino. Cerca de él, la sensación de amor, de poder y, sobre todo, de *presencia* era profunda. Tenía muchos dones sobrenaturales. Podía curar, saber lo que pensaba cualquier persona y estar en más de un lugar a la vez. Pero estos dones no eran los que configuraban su grandeza. El verdadero milagro radicaba en la manera en que podía cambiar el corazón de un hombre o una mujer. Al estar cerca de él, la gente se volvía como él. Se volvían divinos. Para eso estaba en la Tierra: para devolver a la gente a Dios. Yo lo amaba mucho y siempre me sentía dispuesta a hacer cualquier cosa por él.

"Tenía una amiga en ese momento, una amiga muy especial llamada Shradha, quien a su vez tenía una hija de trece años a la que estaba muy unida. Ella era Mage, la querida Mage. Shradha y yo estábamos tan unidas que sentía como si su hija fuera mía. Pero aunque Shradha me quería, estaba celosa de mi relación con su hija. Mage escuchaba todo lo que yo decía y me seguía como si fuera su maestra. Pero con su propia madre, Mage solía ser obstinada. Ya saben lo irritante que puede ser una madre. Lo mismo ocurría hace tanto tiempo.

"Una vez invité a Mage para que pasara unos días en mi casa. Mage estaba encantada, pero Shradha tenía sus dudas. No le gustaba que su hija pernoctara fuera de casa porque eran tiempos peligrosos. Había habido una sequía durante muchos años, y la comida escaseaba. La gente enloquece cuando se siente hambrienta, y hace cosas que le serían inconcebibles en tiempos de bonanza. Shradha y yo peleamos por el asunto de que Mage fuera a mi casa, y Mage lo vio y oyó todo. Cuando ese día me marché, aún pensando que Mage estaría en mi casa de visita, la chica le dijo a su madre que iría a casa de una amiga. Shradha intentó detenerla, pero Mage salió corriendo por la puerta y desapareció.

"Más tarde, creo que fue esa misma tarde, volví a buscar a Mage, pero no encontré a nadie en casa. Decidí empacar las cosas de Mage y llevarlas a casa para que ella no tuviera que cargarlas. Años antes había confeccionado una bolsa para la chica con lino grueso. En el exterior de la bolsa había cosido la marca de Mage. Si cierro los ojos puedo ver los símbolos ahora, como jeroglíficos, pero más simples. Metí a la bolsa todo lo que creía que Mage necesitaría y regresé caminando a mi casa, que estaba como a seis kilómetros de distancia.

"Pero Mage estaba muerta sin que yo lo supiera. Mientras iba de excursión a casa de su amiga, la chica había sido emboscada por dos hombres hambrientos. Esto será difícil de oír e incluso me resulta doloroso pensarlo, pero mataron a Mage para poder comérsela. En los últimos años de sequía el canibalismo se había vuelto común. Los restos de Mage fueron encontrados por un campesino local y fue posible identificarla gracias a un pañuelo que llevaba. Pero no había quedado suficiente de ella para enterrar. Desde luego, no quedaba suficiente para preparar su cuerpo de la forma en que a los egipcios de la época les gustaba disponer de sus queridos difuntos. Mientras me encontraba en casa de Shradha, ésta fue guiada por un campesino, un hombre que había trabajado para su familia, hasta los restos ensangrentados de su hija.

"Shradha volvió a casa totalmente devastada. Pero entonces vio algo allí que le levantó el ánimo. Los objetos personales de Mage habían desaparecido. Shradha creía que el espíritu de su hija había venido por sus cosas antes de partir al otro mundo. Verán, ellos creían que el espíritu tenía un uso para sus objetos incluso después de su muerte. Por eso, los objetos personales se enterraban con los muertos. Eso era parte del culto de la época, pero no era una de las enseñanzas del Maestro. Muy pocos seguían al Maestro en aquellos días porque él había predicho que la sequía no duraría, pero se había prolongado por siete años. Había hecho una predicción falsa a propósito para que sólo sus devotos seguidores se quedaran con él. Por toda la eternidad, el Maestro aparecería primero como divino, y luego aparecería falible, pero siempre sería el mismo ser eterno por dentro.

"El único consuelo de Shradha en los días que siguieron a la muerte de su hija fue que ésta hubiera vuelto a casa para llevarse sus cosas. Finalmente tuvo la oportunidad de ver al Maestro y le contó lo que le había ocurrido a su hija. Y él le dijo: "Sí, lo sé, yo estaba con ella cuando murió. No tienes que preocuparte. Ella está bien, la conduje hasta la luz".

"Al escuchar estas palabras, Shradha se alegró y dijo: "Sí. Sé que su espíritu aún vive. Vino a casa por sus cosas antes de partir". Pero el Maestro le contó la verdad: "No", le dijo. "Fue Delius quien se llevó las cosas de Mage". Cuando vio a Shradha conmocionada, añadió: "Pero no lo hizo para engañarte. En ese momento no sabía que Mage estaba muerta".

"Lo que sucedió después fue tan triste como la muerte de Mage. Porque aunque el Maestro le había asegurado a Shradha que yo no había querido hacerle daño, Shradha no pudo evitar sentirse devastada por la noticia. En medio de su dolor, lo único que había tenido para aferrarse, aquello que le había dado la esperanza de que su hija conservaba la conciencia en algún lugar, era la desaparición de los objetos personales. Y ahora resultaba que sólo había sido una tontería mía. Además, en el fondo de su mente, Shradha sentía que si yo no hubiera insistido en que Mage fuera a mi casa, ellas no habrían discutido y Mage no habría salido corriendo de su casa.

"Comprendí todo esto cuando me dijeron lo que había pasado. Intenté asegurarle a Shradha que no había querido hacerle ningún daño, pero nuestra amistad nunca volvió a ser la misma después de aquello, lo cual era un desperdicio, porque podríamos habernos reconfortado mutuamente. Antes de la muerte de Mage, aunque de vez en cuando discutíamos, estábamos tan unidas como pueden estarlo dos personas. Pero cuando Mage murió, la luz en la vida de Shradha se extinguió y ya no se podía razonar con ella.

"Este cuento tiene un final agridulce. No viví mucho tiempo después de eso. Morí de un fallo cardiaco cuando sólo tenía treinta y nueve años. Estaba consciente de que el final se estaba acercando, pues el Maestro me había dicho cuánto iba a vivir. Una semana antes de fallecer, me reuní con Shradha y le dije que no había querido hacer daño cuando me llevé las cosas de Mage. Y Shradha pudo ver en mis ojos mi sinceridad, así que me abrazó y me prometió que cuando nos volviéramos a encontrar, nunca permitiríamos que un malentendido se interpusiera entre nosotras.

Ilonka dejó de hablar de manera abrupta y bajó la cabeza. Sus ojos estaban húmedos y no quería que los demás la vieran llorar. Sobre todo, no quería mirar a Kevin, a Shradha, en ese momento. Si giraba la cabeza en dirección a Kevin, Shradha estaba ahí. Pero fue él qui:n se acercó y le tocó el brazo.

—¿Estás bien? —le preguntó.

Ilonka se sorbió la nariz y levantó la cabeza esbozando una sonrisa forzada.

—No lo sé, me siento estúpida. Es sólo una historia, ya sabes. No significa nada.

—Fue una hermosa historia —dijo Kevin—. ¿Conociste a Shradha en esta vida?

Ilonka suspiró juntando las manos.

—Si así fuera, ella seguiría enfadada conmigo.

—No creo en vidas pasadas —intervino Anya—. Pero me encantó tu historia.

Sandra también estaba moqueando:

—Fue tan dulce —susurró.

—Creo que yo habría sido más gráfico en la descripción del canibalismo —añadió Spence—. Pero, por lo demás, estuvo bien. Por cierto, ¿qué enseñaba ese Maestro?

Ilonka negó con la cabeza.

—No puedo explicarlo ahora. Tantas cosas, pero sólo una. Ser lo que éramos, ser Dios. Pero en aquellos días solíamos decir: "Te pertenezco". De ahí saqué la idea. El Maestro siempre hacía hincapié en que todos éramos uno.

—Se siente como si lo hubieras conocido en verdad —dijo Spence.

Ilonka sacudió su cabeza ligeramente.

—Puede que todo esto sea tan sólo mi imaginación, pero siento que fue una vida pasada. Gracias por sus comentarios, en verdad… tenía miedo de contar la historia.

Sólo podría compartirla con ustedes —volteó hacia Kevin. Su mano estaba todavía sobre su brazo, con tanta ternura. Ilonka se limpió el rostro y sonrió para él—. Entonces, ¿dejé la vara muy alto o qué piensas?

Kevin la soltó.

—Igual que siempre —respondió. Él también tenía un vaso de agua, y tomó un sorbo antes de empezar. Algunas veces tenía que detenerse a mitad de una historia porque su garganta lo traicionaba. Él era tan frágil, su Kevin, y eso no era su imaginación.

—Mi historia se llama "El espejo mágico". Comienza en el Louvre, en París. Para aquellos de ustedes que no conocen el museo, se trata probablemente del más famoso del mundo. La *Mona Lisa* y la *Venus de Milo* están allí, lo mismo que tantas otras grandes pinturas y esculturas. Para recorrerlo y verlo completo, se necesitarían varios días.

"Cuando la historia comienza, nos encontramos con una joven más o menos de la misma edad de Ilonka, llamada Teresa. Ella es de... no estoy seguro de dónde, pero no es de aquí. Es europea, pero no francesa. Dado que ya mencioné a Ilonka, digamos que Teresa es polaca. Teresa está paseando por París sola y como la mayoría de los turistas, visita el Louvre. Enseguida se da cuenta de los artistas que trabajan en el museo copiando las pinturas de los grandes maestros del pasado. En un día cualquiera en el Louvre puede haber veinte o treinta artistas trabajando en sus copias. Algunos son estudiantes, muchos son artistas consumados. La mayoría son extremadamente buenos. Pero uno de los artistas en particular capta su atención.

Está ensayando *La Virgen de las rocas*, que representa a María con los niños Jesús y Juan el Bautista al cuidado de un ángel. Están sentados a la sombra de una gruta. Detrás de la gruta se extiende una misteriosa panorámica que da la ilusión del amanecer de los tiempos. Aunque ésta no es la pintura más famosa de Da Vinci, es una de las más significativas del arte occidental, y mi favorita personal. El ángel, en particular, tiene un hermoso resplandor: como si Da Vinci hubiera captado su alma con sus pinturas. Es una obra que puedes contemplar por horas y seguirás encontrando algo nuevo minuto a minuto.

"Teresa está intrigada por el cuadro, y aún más por el artista que lo está copiando. Porque su pintura parece ser tan buena como la de Da Vinci. Además, es un joven llamativo, no mucho mayor que ella, y en ese momento Teresa estaba muy sola. Como ya dije, llegó a París por sus propios medios, y esto se debe a que era huérfana. Ella entabla una conversación con el artista y se entera de que se llama Herme. Pero ella no está segura de si Herme es francés porque no tiene acento francés. De hecho, no consigue identificar su acento y le pregunta de dónde es. Pero Herme evade la pregunta.

"Herme tiene una buena razón para no decirle de dónde es. Si se lo dijera ella pensaría que está loco. Verán, Herme no es un ser humano, sino un ángel. Es un ángel particular que llamaremos "musa". Creo que fueron los antiguos griegos quienes inventaron el término. Una musa inspira a nuestros grandes escritores, pintores, poetas y músicos. Herme había sido la musa de Da Vinci cuando

76

el artista estaba vivo, y también de Rafael y de Miguel Ángel. En cierto sentido, las creaciones de ellos eran también suyas. Pero en esta época moderna no hay ningún artista capaz de sintonizarse con la inspiración de Herme, así que pasaba sus días pintando copias en el Louvre. Sólo podía trabajar en el plano físico, aparecer como un ser humano y pintar, mientras estaba en el museo. Si salía del Louvre, era como cualquier otro ángel, y la gente no sabría que estaba allí. Pero era emocionante para Herme poder ser visto por los humanos, hablar y hacer preguntas. Dios le había dado esta oportunidad especial por el gran trabajo que había hecho en el pasado.

"De la misma manera que a Teresa le gustó Herme, a él le gustó Teresa. Su rostro le intrigaba: tenía un ojo de artista para los rostros. Los ojos de Teresa eran cálidos y apacibles, su boca estaba llena de tristeza. Su voz, también, le intrigaba, porque Teresa podía sonar como una niña inocente y una mujer sabia en la misma frase. Ella era hermosa, y él estaba tan cautivado que le propuso que almorzaran juntos en un café del museo, una invitación que Teresa aceptó de buen grado.

"Herme dejó a un lado sus pinturas y su lienzo y recorrió con ella las largas salas del museo, señalando varios cuadros y contándole historias sobre los artistas, cosas personales, como que Van Gogh se había cortado una oreja y se la había regalado a una prostituta, o que a Miguel Ángel no le gustaba pintar en realidad y, en su lugar, sólo quería esculpir. Le contó otras cosas que ni siquiera los expertos conocían sobre los artistas. Teresa estaba fascinada por sus conocimientos y por sus delicados modales. Supongo que no hace falta decir que Herme era más agradable que una persona normal. Era su amor el que brillaba en muchas de las obras de los artistas a los que había ayudado. También era atractivo para los estándares humanos, con su largo cabello castaño, su rostro austero y sus grandes y finas manos. Pero sus vestiduras eran sencillas: pantalones blancos y camisa azul. No usaba reloj ni nada parecido. No tenía cartera, por cierto, y cuando llegaron a la cafetería y recogieron su comida, se sintió avergonzado. Tuvo que disculparse por no tener dinero. Pero a ella no le importó pagar la comida de ambos, a pesar de que tenía poco dinero.

"Así que hablaron y comieron, y Herme aprendió mucho sobre Teresa, aunque Teresa no aprendió casi nada sobre Herme, excepto que era un gran artista y que conocía la historia del arte como un erudito. Teresa era sensible y sabía de alguna manera que Herme no era como ningún otro ser humano que hubiera conocido. Para cuando terminó el almuerzo, estaba enamorada de él, y Herme, siendo un ángel, podía ver en su corazón y sabía que su amor era genuino. Y para él era especial porque, aunque vivía en el constante resplandor del amor de Dios, una parte secreta de él anhelaba el afecto humano. Había trabajado con ellos durante tantos siglos que una parte de él mismo se había vuelto humana. Tal vez más que una parte. Cuando llegó la hora de que Teresa dejara el Louvre, se sintió solo. Ella le prometió que acudiría a verlo al día siguiente.

"Al mediodía siguiente, allí estaba Teresa, cuando Herme le daba los últimos retoques a su copia de *La Virgen de las rocas*. Teresa no podía dejar de pensar en el talento que aquel ser tenía, y llegó a decir que su pintura era incluso mejor que la de Da Vinci. Pero Herme rápidamente la corrigió: sólo se veía mejor porque su pintura era reciente. En realidad, Herme nunca intentaba superar las obras de los artistas a los que había ayudado, aunque en privado pensaba que podía hacerlo. Volvieron a almorzar juntos y, una vez más, Teresa pagó, lo que hizo que Herme se sintiera incómodo porque él quería cuidarla. Ella le habló de sus planes de ir a Estados Unidos y dejó caer insinuaciones no muy sutiles sobre la cantidad de dinero que él podría ganar allí con su talento. Su entusiasmo era contagioso y Herme tuvo que detenerse para recordar que no era de carne y hueso. Esa realidad lo golpeó dolorosamente cuando Teresa le pidió que la acompañara a ver una película. Él le dijo que tenía que quedarse para terminar su trabajo, pero Teresa, que a veces era muy testaruda, se esforzó por convencerlo, lo que sólo hizo que Herme se sintiera peor. Finalmente tuvo que decirle un no rotundo, que Teresa malinterpretó, pensando que a él ni siquiera le importaba ella. Justo antes de que ella se fuera, él le preguntó si vendría a verlo al día siguiente, y la muchacha le prometió que así lo haría.

"La tarde siguiente fue muy parecida a las dos anteriores, salvo que los sentimientos del uno por el otro eran más intensos. Una vez más, Teresa quiso que Herme saliera del museo con ella. Pero él dijo que no podía, no hasta más tarde. Ella quiso saber cuánto tiempo más, porque estaba dispuesta a volver por él. Cuando Herme le dijo que eso no sería posible, Teresa empezó a sospechar que tenía otra mujer o que era un hombre casado. Pero él le aseguró que ése no era el caso, incluso sin que ella hubiera expresado en voz alta sus sospechas. Eso la tomó desprevenida, pues Herme parecía capaz de leer su mente, pero él rápidamente suavizó su comentario, como si se hubiera tratado de una simple coincidencia.

"La pobre Teresa no sabía qué pensar. Había encontrado a este hombre maravilloso, pero él parecía anormalmente apegado a un museo. No le había dicho dónde vivía, cómo llegaba al trabajo, si tenía otra familia. En realidad, cuando pensó en ello, se dio cuenta de que no le había contado nada sobre él, sólo sobre los artistas cuyos cuadros colgaban en los grandes salones. Herme podía leer su mente y supo que no podría hacer que ella volviera día tras día a verlo. Se dio cuenta de que iba a perderla, y eso le produjo más dolor del que jamás había conocido, el primer dolor real que había experimentado. La hizo prometerle que lo visitaría al día siguiente, y ella así lo hizo, pero había cierta reticencia en su voz. El hecho de que Herme le pidiera prometérselo, el hecho de que le pidiera cualquier cosa, era muy poco habitual en él. Porque Herme era un ángel, y los ángeles simplemente daban, y no pedían nada a cambio.

"Aquella noche, solo en el Louvre, Herme rezó a Dios para que le permitiera abandonar el museo y salir con Teresa. Rezó durante muchas horas, y entonces, de repente, sintió que un gran calor entraba en su alma, y supo que Dios había respondido a su plegaria. Pero al mismo tiempo se dio cuenta de que cuando dejara el museo no volvería a él como un ser inmortal. Se convertiría en un ser humano y perdería sus poderes angclicales. Pero era algo que estaba dispuesto a hacer por amor a su Teresa. Digo *su* Teresa y eso es exactamente lo que quiero decir. Ya estaba convencido de que tendría a Teresa a su lado, con él, durante el resto de la vida que había elegido.

"Al día siguiente, ella vino a buscarlo y Herme salió del Louvre. Salió a la luz del sol, con la mano de Teresa en la suya, y se rio a carcajadas. Estaba tan feliz, tan enamorado. Pensaba que duraría para siempre, pero por supuesto nunca había sido mortal antes.

Kevin dejó de hablar y se estiró para tomar su vaso de agua. Los demás esperaron con ansias que continuara, pero él sacudió su cabeza.

—Eso es todo por esta noche, chicos. Lo siento.

—¿Sabes el resto de la historia? —preguntó Anya.

—Sí —respondió él—. Pero quiero contarla en partes. No puedo pensar en una nueva historia cada noche. Quiero sacarle todo el jugo que me sea posible a ésta.

Ilonka no podía creerlo, dado que Kevin era el más creativo del grupo. Tal vez estaba tratando de mantenerlos en suspenso. Pero a ella le preocupaba, sin embargo, que él se hubiera detenido en ese momento porque estaba cansado. Su voz se había comenzado a debilitar hacia el final de su relato. Aplaudió suavemente para mostrar su aprobación.

—Es una historia maravillosa —dijo—. Yo soy como Teresa, ya hasta me enamoré de Herme.

Kevin bajó la cabeza.

—Te pareces mucho a ella, ya sabes. Las dos son polacas.

Ella rio.

—Añadiste eso en el último segundo —y estuvo a punto de decirle también que no habría podido elegir un mejor nombre si *hubiera* querido nombrar a Teresa por ella, porque su segundo nombre era Teresa. Pero ella sabía que nadie en el Centro conocía su nombre completo, ni siquiera el doctor White, dado que ella nunca lo había usado. Y no quería darle a Kevin la impresión de que *ella* pensaba que la había incluido en una de sus historias, oh, no, nada de eso, aun cuando ella había contado historias de sus vidas pasadas juntos.

—Yo también creo que es una historia maravillosa —dijo Sandra—. No puedo esperar para escuchar cómo termina.

—Me reservo mi opinión por el momento —añadió Spence—. Muchas historias pueden empezar muy bien y luego desvanecerse. Me ha pasado algunas veces.

—Has contado unas que empiezan mal, y luego se ponen peor —le dijo Anya. Se movió en su silla de ruedas pasando distraídamente su mano sobre un punto justo debajo del muñón de su pierna. Ilonka la había visto a menudo hacer ese movimiento, como si estuviera tratando de frotar un lugar de la pierna que ya no existía—. Se ha hablado mucho esta noche sobre Dios y los ángeles y los demonios y las vidas pasadas. ¿Alguien aquí *realmente* cree que sobrevivimos después de la muerte?

—¿Estás intentando arruinar el ambiente festivo o qué? —preguntó Spence.

La ira de Anya se encendió.

—No. Estoy haciendo una pregunta seria y me gustaría saber tu opinión. ¿Cuál es?

—No tengo ninguna opinión —respondió Spence.

Anya continuó molesta con él.

—Debes haber pensado en ello —dijo—, considerando el lugar donde estamos.

—Sí he pensado en eso —reviró Spence—. Ésa es la razón por la que no tengo una opinión. Creo que es la única opinión honesta que puedo darte.

—Yo creo en Dios —dijo Sandra—. Creo que hay un cielo y un infierno.

Anya esbozó una sonrisa malvada.

—¿Y adónde crees que irás en los próximos días o semanas, Sandra querida?

Sandra tragó saliva.

—Al cielo, espero. Siempre he tratado de ser buena.

Anya soltó una risita.

—Si ése es el criterio principal para entrar en el cielo, no sé si quiero ir allí —recorrió la habitación con la mirada—. ¿Y tú, Kevin?

—Yo creo en el alma. Creo que las experiencias de la gente que han tenido vivencias cercanas a la muerte apuntan fuertemente hacia la idea de que algo sobrevive tras la muerte de nuestros cuerpos. No creo en el cielo o en el infierno en el sentido tradicional de las palabras. Si hay un Dios, no puedo ver por qué crearía un lugar para torturar a la gente por la eternidad sólo porque cometieron algunos errores en la Tierra —hizo una pausa—. Pero también creo que mis creencias no importan mucho. Lo que es, es. No puedo cambiar nada. ¿Sabes a lo que me refiero?

—No, no lo sé —dijo Ilonka observándolo atentamente. Nunca había escuchado a Kevin hablar tan abiertamente de nada. Por lo general, ella tenía que atisbar sus sentimientos a través de las historias que contaba. Él la miró y sacudió la cabeza.

—Quizá soy tan malo como Spence —dijo—. Sólo sé que no lo sé.

—¿Y qué hay de ti, Ilonka? —preguntó Anya—. ¿O tengo que molestarme en preguntarte después de la historia de tu vida pasada?

Ilonka se quedó pensativa.

—No sé si tengo alma. Algunas veces estoy segura de que debo tener una. Otras veces siento que no hay nada dentro. Pero sí creo que el amor sobrevive. Que el amor que sentimos en nuestras vidas no se desvanece. Que Dios lleva la cuenta del amor, que lo guarda para que siempre esté ahí, y haya cada vez más y más amor en el universo. Entonces, tal vez cada vez que volvemos, hay un poco más de amor esperándonos.

—Si volvemos —dijo Anya.

Ilonka se encogió de hombros.

—No lo sabré hasta que lo haga.

Spence se incorporó.

—Pero ésa es la razón por la que estas discusiones son una pérdida de tiempo. No sabremos cómo es morir hasta que muramos. Tal vez la luz brillante que ven las personas que han tenido experiencias cercanas a la muerte no sea sino el último intento del cerebro para evadir el horror de la inexistencia —hizo una pausa—. Es una lástima que el primero de nosotros en irse no pueda regresar y contarles a los demás cómo es.

Sandra adoptó una mueca de disgusto.

—Ése es un pensamiento horrible.

Spence adoptó una expresión extraña, como si la idea lo conmocionara, aunque había sido suya.

—¿Qué es lo horrible en ello? —preguntó—. Creo que es la mejor idea que ha salido de este club, de hecho.

Ilonka rio, inquieta.

—Yo no quiero a ningún fantasma llamando a mi puerta en medio de la noche.

—Pero ¿y si es un fantasma que tú ya conoces? —le preguntó Spence. Luego, se dirigió a todo el grupo—. Estoy hablando en serio. ¿Por qué no nos comprometemos a que el primero de nosotros en morir hará todo lo posible para contactar al resto? ¿Tú qué opinas, Kevin?

—¿Lo que estás sugiriendo es que la persona en cuestión tendrá que enviarnos una señal? —cuestionó Kevin.

—Sí —acertó Spence.

—¿Quieres que todos nos pongamos de acuerdo en una señal prestablecida? —preguntó Kevin.

—No —dijo Spence.

—Pero si la señal es aleatoria, ¿cómo sabremos que viene de la persona muerta? —inquirió Kevin.

—La señal podría ser cualquier cosa —sentenció Spence—. Podríamos encontrarnos tarde en la noche, como de costumbre, y nuestro querido difunto podría golpear una lámpara o algo así.

—Tal vez no sea posible, como fantasma, hacer algo tan dramático —añadió Kevin.

—Dejemos el tema —pidió Sandra—. No me gusta hablar de estas cosas.

—Es intrigante —admitió Anya.

Sandra se mostró indignada.

—Cuando una persona muere, no se queda merodeando por ahí, en la Tierra, para darle alguna señal a la gente. Eso simplemente no se hace.

—Si no se hace, entonces no tienes por qué asustarte —argumentó Spence.

—No estoy asustada —dijo Sandra, indignada—. Sólo creo que va en contra de la naturaleza. Ilonka, di algo.

—¿Podría la persona que muere comunicarse con nosotros telepáticamente? —sugirió Ilonka, saboreando la posibilidad. Se dio cuenta de que, en el fondo, sentía tanta curiosidad como los demás.

Spence negó con la cabeza.

—Eso sería demasiado abstracto —respondió él—. Nunca sabríamos con seguridad si no fue sólo nuestra imaginación.

—Pero ¿y si la persona muerta nos hiciera soñar a todos el mismo sueño? —preguntó Ilonka—. Eso sería una prueba, o algo así.

—Es una idea interesante —coincidió Kevin—. Suponiendo que alguien del otro lado pudiera influir en nuestros sueños. ¿Y qué tal si usamos una tabla Ouija y tratamos de contactar a la persona?

—Podríamos pedirle al doctor White que nos compre una —aventuró Spence, interesado.

Sandra sacudió la cabeza.

—No voy a acceder a esto. Si yo me muero, me iré directamente al cielo, y se acabó.

—No te preocupes —dijo Anya—. Si eres la primera en morir, ninguno de nosotros tendrá prisa por hablar contigo.

—Vamos, vamos, sé amable —intervino Spence—. Sandra, yo no estoy pidiendo que firmemos un contrato, no tienes que hacer el pacto. Si tú no quieres hacerlo, está bien. Sólo piensa en cómo podrías tranquilizar al resto de nosotros si vemos que sigues pataleando en el otro lado.

—Estás asumiendo que será un alivio saber que tenemos almas —reviró Anya.

—En serio que estás de mal humor esta noche —le dijo Sandra a Anya.

—Es mi estado natural —respondió Anya con dulzura—. Ésa es la razón por la que no estoy ansiosa con la idea de que sea eterno.

—Creo que el primero de nosotros en morir tendrá que decidir, cuando esté del otro lado, cuál es la mejor manera de contactar a los otros —dijo Spence.

—Eso puede ser cierto, pero tal vez deberíamos darle alguna idea de dónde vamos a buscar una señal —añadió Kevin—. Pero podemos pensar en eso más adelante.

—No mucho más adelante —intervino Anya—. Nunca se sabe en un lugar como éste.

—¿Estamos de acuerdo entonces? —preguntó Spence—. ¿Sandra?

—Siempre y cuando no me meta en problemas con Dios, supongo que estará bien intentarlo —respondió Sandra, en un radical cambio de postura.

—Estoy a favor —dijo Kevin.

—Yo también —secundó Ilonka.

—Deberíamos hacer un juramento de sangre —aventuró Anya—. Le añadirá poder a nuestro intento.

—No creo que sea necesario —habló Spence.

—A mí no me molesta que hagamos un juramento de sangre —dijo Ilonka—. Eso añadirá un sabor pagano a nuestro compromiso.

—No es que importe si nos contagiamos algo entre nosotros —añadió Kevin.

—Que alguien traiga una aguja —solicitó Anya—. La untaremos de nuestra sangre juntos y cantaremos nuestro juramento al unísono.

Spence negaba con la cabeza.

—No convirtamos esto en un circo. Todos estamos de acuerdo en hacer lo posible por contactar con los demás. Eso es lo único que importa.

—Pero queremos hacer la ceremonia de sangre —añadió Anya.

—Pueden hacerla si eso quieren —aceptó Spence poniéndose de pie—. Yo me voy a la cama —y se dirigió a la puerta—. Buenas noches, chicos. Dulces sueños. Y que nadie muera durante la noche.

—Se fue tan de repente —dijo Ilonka, cuando Spence se había marchado. Ella no se sentía cansada, probablemente porque había dormido la mitad del día. Kevin empezaba a cabecear en la silla a su lado, con el desordenado cabello castaño colgando sobre su rostro huesudo. Le tocó el brazo—. Hey, dormilón, tienes que irte a la cama.

Kevin levantó la cabeza y su rostro se iluminó.

—¿Por qué no me acompañas?

Ella sintió que se sonrojaba.

—Probablemente debería llevar a Anya de vuelta a nuestra habitación.

—Puedo regresar sin tu ayuda —dijo ella—. Sandra puede ayudarme.

—Mientras no me muerdas la mano —advirtió ésta poniéndose de pie y pasando por detrás de la silla de ruedas. Anya tenía cáncer en el brazo derecho y en la pierna que le quedaba, así que no tenía la fuerza suficiente para empujar sola su silla de ruedas. El doctor White estaba tratando de conseguir para ella una silla motorizada, pero eso le tomaría un tiempo, dijo... y quizá sería demasiado tarde cuando por fin llegara. Sandra y Anya salieron de la habitación con un "buenas noches" a coro, e Ilonka se quedó sola con Kevin.

—Supongo que no tendremos una ceremonia de sangre —pronunció ella.

—Supongo que no —estuvo de acuerdo él—. ¿Qué te pareció la sugerencia de Spence?

—Al principio pensé que tal vez estaba tramando algún plan para hacernos parecer tontos —comenzó Ilonka—. Hasta que dijo que alguien podría falsificar la señal. Eso es lo que yo pensaba que él podría hacer. Pero creo que es una idea interesante.

—Sí.

—En serio, me encantó tu historia —le dijo ella.

Kevin tenía una mirada distante en sus ojos.

—Gracias.

—¿Cómo estuvo tu día de visitas, con Kathy? —preguntó Ilonka.

—Bien.

—Parece una chica agradable. ¿Cuánto tiempo tienen juntos?

—De manera intermitente, los últimos dos años.

—¿Por qué a veces no han estado juntos? —preguntó ella.

Kevin la miró.

—Yo he pasado mucho tiempo en el hospital.

—Por supuesto, tonta de mí.

Él sacudió la cabeza.

—Ojalá le hubiera dicho desde el principio que estaba enfermo. Yo estaba enterado, ya sabes, pero pensé que podría mejorar. Y los médicos también lo creían, al principio.

—Quizás así sea —dijo Ilonka.

El chico sonrió, pero su rostro seguía triste.

—No estoy contando con ello —le respondió.

—¿Por qué me estabas buscando hoy?

—Me enteré de que mañana te van a hacer una tomografía.

—¿Quién te lo dijo?

—El doctor White. No te enojes con él, sólo confirmó lo que había oído. Debes habérselo dicho a alguien.

—Se lo dije a Anya. Ella se lo habrá contado a Spence.

—Estoy seguro de que así fue —aseguró Kevin—. De cualquier manera, sólo me preguntaba por qué vas a ir a que te hagan una tomografía. Pero si no quieres hablar al respecto, no importa. No es asunto mío.

—¿El doctor White te pidió que hablaras conmigo? —cuestionó Ilonka.

—No.

Ella se encogió de hombros.

—Me he estado sintiendo mejor, eso es todo, y creo que los tumores se están reduciendo. Ya sabes, he estado tomando un montón de remedios herbales y comiendo una dieta muy fresca, solo de frutas y vegetales.

—No lo sabía —dijo Kevin.

—Mira, si te preocupa que me esté haciendo ilusiones sin razón, sólo dímelo.

—Sólo tú sabes cómo te sientes.

—Eso es lo que dije al doctor White.

—Entonces, no hay problema. Hazte la tomografía, y si te curas asegúrate de escribir.

Ella quería decirle que no podía imaginarse dejando el hospital sin él. ¿Pero qué sentido tenía? Kevin todavía se veía como si estuviera a punto de desmayarse. Se levantó y lo sujetó del brazo, algo que ella nunca había hecho.

—Si no te vas a la cama ahora seguirás aquí mañana por la noche para nuestra próxima reunión —dijo mientras lo ayudaba a incorporarse. Una vez más, su delgadez la sacudió, su ligereza; era como si estuviera ayudando a levantar un saco lleno de plumas.

Kevin se inclinó sobre ella para apoyarse.

—¿Así que nunca conociste a nadie que te recordara a Shradha? —le preguntó.

En ese momento, Ilonka estuvo a punto de decirle que había estado hablando de él. Pero no podía, y en verdad era algo estúpido, dadas las circunstancias. ¿Era tan orgullosa? Nunca había pensado en ella de esa manera.

—No —dijo—. Ya te dije que no.

—Cuando estabas hablando de Egipto, sentí como si hubiera estado ahí.

—¿Sí? Qué interesante.

Ilonka lo condujo hasta su habitación. Kevin le dio un abrazo antes de abrir su puerta, y fue agradable ser abrazada. La cosa más agradable en el mundo entero. Luego él le dijo buenas noches de manera abrupta y se esfumó. Ella caminó de regreso a su habitación con una cadencia especial en su paso.

Mientras se estaba quedando dormida creyó ver el rostro del Maestro y supo que soñaría con él.

CAPÍTULO 3

La mañana en que Ilonka Pawluk y el doctor White se dirigieron al Hospital General Menlow, donde le harían la prueba a Ilonka, se sentía fría y húmeda. El auto del doc era lujoso, pero a la chica le parecía incómodo. Su sueño había sido irregular, y había terminado por tomarse dos pastillas de Tylenol 3 a las cuatro de la madrugada. Y había tragado dos más con el desayuno, consistente en una naranja y una manzana, justo antes de que el médico viniera a buscarla para ir al hospital. Así que su abdomen era como un gran calambre caliente. Ilonka no sabía por qué estaba sintiendo tanto dolor de repente. El doctor White notó su malestar.

—Estaremos allí en veinte minutos —le dijo.

Ella asintió.

—Estoy bien —le contestó.

—¿Se reunió tu club anoche?

—Sí. Las historias fueron particularmente buenas. Spence se limitó a mutilar sólo algunos cuerpos y el demonio de Anya no era ni la mitad de maligno de lo que todos esperábamos. Kevin contó un cuento maravilloso sobre un ángel que se enamora de una chica y se convierte en humano para poder estar con ella. Pero ése aún no termina. Se supone que esta noche seguirá contándolo.

—¿De qué habló Sandra? —preguntó el doctor White.

—Sandra sigue sin contar ni una historia.

—¿De qué trataba la tuya?

—De unas personas en el antiguo Egipto —sintió una fuerte punzada de dolor en las entrañas y aspiró una bocanada de aire—. Es difícil describirlo en pocas palabras —masculló.

—¿Ilonka?

—Estoy bien —ella forzó una sonrisa—. Hábleme de su hija. ¿Jessie?

—Sí. Ése era su nombre.

Ilonka se congeló.

—Ella no estará… No.

El doctor White se quedó pensativo.

—Puede que haya sido un error traerla a la conversación el otro día —dijo al fin—. Pero había querido platicarte sobre ella. Fue Jessie quien inspiró mi trabajo con los jóvenes como tú, y tú, más que nadie, me la recuerdas. Cuando ella estaba creciendo, solía pensar que simplemente era testaruda. Pero al final pude ver lo valiente que era su espíritu —el doc sacudió la cabeza con tristeza—. Murió de cáncer dos semanas después de cumplir dieciocho años.

—El próximo mes cumplo dieciocho —dijo Ilonka, con rigidez.

—Lo siento, no debería de haber…

—Me da gusto que me haya hablado de ella —lo interrumpió Ilonka. Tocó el brazo del doctor—. En verdad, está bien. Cuénteme más. Dígame cuál era su música favorita, si tenía novio o no. Dígame lo que quiera, me gustaría escucharlo.

El doctor White hizo lo que ella le pidió, lentamente al principio, con frases vacilantes, luego más abiertamente. Antes de que llegaran al hospital, Ilonka se enteró de que Jessie White había amado muchas de las cosas que ella misma amaba: un buen libro; los Beatles; las películas de ciencia ficción; los árboles; los chicos, por supuesto que los chicos. Jessie tenía un novio cuando murió, le contó el doctor White, alguien que la consolaba. A Ilonka le resultaba a la vez una alegría y una carga oír hablar de la chica muerta. Su dolor, incluso con las pastillas que había tomado, seguía aumentando. Nunca imaginó que un viaje en auto pudiera ser tan duro para ella. Tuvo que asombrarse de su propia terquedad.

Ilonka encontró el hospital abrumador después de la tranquilidad del Centro. Como es natural, cuando intentaron registrarse para la resonancia magnética se enteraron de que no había ninguna cita para una Ilonka Pawluk en sus libros. Mientras el doctor White se apresuraba a mover algunos hilos, Ilonka se quedó sentada en una silla de duro plástico verde no muy lejos de una puerta que continuamente se abría y cerraba hacia el exterior. Las ráfagas de aire frío la cortaban como bisturís. Una de esas ráfagas fue tan intensa que hizo que se le resbalara un poco la peluca, Ilonka pasó un momento de auténtico terror hasta que consiguió reacomodársela apresuradamente. A partir de entonces se sentó con una mano sobre la cabeza y la otra apretando su frasquito de Tylenol con codeína. Se decía que no iba a tomar ninguna pastilla más y, al mismo tiempo, se preguntaba cómo iba a lograr mantenerse quieta durante la hora que duraba el examen. Al final, justo antes de que la llamaran, se tragó otras dos pastillas. Por primera vez en mucho tiempo deseó tener morfina a la mano.

Durante la prueba tuvo que recostarse en una larga máquina parecida a un ataúd. La técnica de resonancia magnética no utilizaba rayos X para ver el interior del cuerpo, sino ondas sonoras controladas por una computadora. Estas ondas construían una "imagen" de las distintas densidades de sus órganos internos. Por lo general, un tumor aparece como una sombra en esta imagen, debido a su alta densidad. Mientras estaba acostada en la cámara, escuchando el inquietante zumbido de los ojos electrónicos que giraban lentamente alrededor de ella, recordó la primera vez que se había hecho esta prueba y los pésimos resultados que había arrojado. La habían operado al día siguiente, y cuando despertó le dijeron que ya no tenía útero ni ovarios. Así, sin mediación alguna, se enteró de que ya nunca podría tener hijos. Había llorado ante la noticia, y apenas había escuchado a los médicos continuar para decirle que aún con ello no estaban seguros de que hubieran conseguido extirpar todo el cáncer.

Ilonka sintió el súbito deseo de ver a su madre; la chica le había contado a todo el mundo que ella había muerto de cáncer, pero en realidad se había alcoholizado hasta la muerte.

Esa nostalgia la acompañó durante toda la prueba.

El doctor White se mantuvo muy callado en el camino de regreso. La gente del hospital les había dicho que tendrían los resultados al día siguiente. Sin el estímulo de la conversación, Ilonka se encontró cabeceando con frecuencia, y se sintió enfadada consigo misma por haber tomado tantos analgésicos. Pensó que los medicamentos sólo deprimirían su sistema inmunitario, y ella lo que necesitaba era mantenerlo al máximo para eliminar los tumores.

El doctor White la dejó en la puerta principal del Centro antes de ir a atender otra cita. Ella le agradeció por haberla llevado a hacerse la prueba y se apresuró a entrar.

En la sala de espera se encontró con Kathy Anderson, la novia de Kevin. Se levantó cuando Ilonka entró en la sala. Vestía ropa visiblemente más costosa y desplegó una enorme sonrisa que Ilonka encontró desagradable. La chica parecía lejos de estar cómoda.

—Estoy esperando a Kevin —le dijo Kathy—. He estado esperándolo durante un rato.

—Iré por él —dijo Ilonka automáticamente, volteando hacia la puerta que conducía al interior del Centro. Pero entonces se detuvo… algo la detuvo. Volvió a mirar a Kathy—. Kevin está muy enfermo. Podría ser una buena idea si no lo llevas fuera hoy.

Kathy se encogió de hombros con inquietud.

—No necesitamos salir.

Ilonka dio un paso hacia ella.

—Kathy... ¿Puedo llamarte así?

—No sé de qué otra manera me llamarías.

Ilonka sonrió, pero no había calidez en ella. Pensó, justo antes de empezar a hablar, que le estaba haciendo un favor a Kevin. Sin embargo, incluso con la racionalización, vino el pensamiento de Judas, la forma en que su mente debía haber trabajado: *Sí, Jesús, no le des importancia al hecho de que estos soldados vengan a arrestarte. Te llevarán directamente ante Poncio Pilato y entonces podrás hacer unos cuantos milagros y el tipo te amará, estoy seguro. Luego, nos dirigiremos a Roma.*

No obstante, Ilonka siguió adelante y abrió la boca.

Porque Kevin le pertenecía a ella. Cualquier tonto podía darse cuenta de eso.

—Kathy, ¿comprendes lo enfermo que se encuentra Kevin? —preguntó Ilonka.

La chica rubia parpadeó.

—Sé lo que tiene. No soy estúpida.

—No digo que lo seas... Pero quizá estés experimentando un grave episodio de negación. Kevin tiene leucemia. Con los medicamentos disponibles hoy en día, buena parte de los tipos de leucemia es curable. Pero por alguna razón, ninguno de esos medicamentos funcionó en Kevin. Ésa es la razón por la que él está aquí. Esto no es un *hospital*, donde los pacientes esperan mejorar. Esto es un *Centro de Cuidados Paliativos*, donde se ayuda a los pacientes a vivir de la manera más cómoda posible hasta que mueren.

Una sombra cruzó el rostro de Kathy.

—¿Qué estás tratando de decir?

—Que Kevin no va a mejorar. No va a salir de aquí algún día, contigo. Él va a morir.

Kathy sacudió la cabeza con fuerza.

—No.

—Sí —Ilonka dio otro paso hacia ella, hasta que prácticamente se tocaron—. Probablemente va a morir pronto. Y es difícil para él, a medida que se acerca el final, interpretar este papel contigo. Jugar a que él va a mejorar. De hecho, cada vez que vienes a verlo, eso lo lastima.

Kathy bajó la cabeza y comenzó a llorar:

—No quiero hacerle daño. Lo amo.

Ilonka puso su mano en el hombro de la chica.

—Entonces, déjalo ir —le pidió—. Deja que muera en paz sin tener que fingir por ti. Déjalo con nosotros.

Kathy levantó la cabeza de repente. Su actitud había cambiado. Se sacudió la mano de Ilonka como si fuera una araña arrastrándose por su hombro.

—¿Y *tú* qué vas a hacer por él? —preguntó con amargura.

Ilonka la miró fijamente a los ojos.

—Me quedaré con él hasta el final para que no muera solo. ¿En verdad crees que tú podrías estar con él en ese momento?

Kathy siguió mirándola con repugnancia. Se dio la vuelta de manera abrupta y salió corriendo del Centro. Ilonka se quedó mirando la puerta cerrada durante mucho tiempo preguntándose qué había hecho y por qué.

Finalmente oyó a alguien a su espalda. Supo quién era sin necesidad de voltear.

—Ilonka, ¿has visto a Kathy? —preguntó Kevin—. Supe que me estaba esperando.

Ilonka se sorbió la nariz. El frío había hecho que su nariz comenzara a gotear, o tal vez había sido algo más. Sin embargo, miró a Kevin a los ojos y negó con la cabeza.

—No la he visto —dijo.

Ilonka fue a su habitación. Allí encontró a Anya dormida entre un montón de almohadas y mantas. Su volumen de la Biblia estaba abierto en el suelo cerca de ella. Anya mantenía una caja de objetos personales encima de su buró. Ilonka se dejó caer en su propia cama, boca abajo, y lloró contra la almohada. No podía recordar si en alguna otra ocasión había hecho algo tan ruin. No podía recordar cuándo había deseado tanto a alguien en su vida. Los dos, ella lo sabía, tenían una conexión definitiva.

Al cabo de un rato escuchó que Anya la llamaba por su nombre. Se incorporó y miró a su compañera de cuarto, que estaba buscando un frasco de pastillas y un vaso de agua. Por supuesto, una vez más, eran las enfermeras quienes se suponía que debían repartir la medicación, pero Anya nunca seguía las reglas, en particular después de tanto tiempo en ese juego.

—¿Hay algún problema? —preguntó Anya—. ¿O es una pregunta estúpida?

Ilonka se sentó. Por increíble que fuera, teniendo en cuenta la cantidad de pastillas que había tomado, su abdomen la estaba matando.

—¿Qué son? —preguntó.

—Morfina. De un gramo cada una. ¿Quieres?

—Nunca he tomado morfina.

—Una vez que la tomas, nada más te satisface.

—Eso es lo que he oído. Por eso me he abstenido —Ilonka hizo una pausa y se enjugó el sudor que le estaba entrando en los ojos. Estaba teniendo dificultades para respirar, le dolía mucho. Extendió la mano—. Dame una —dijo.

Anya le lanzó una pastilla. Ilonka tenía un vaso de agua junto a la cama. La pastilla bajó por su garganta sin problemas.

—¿Cuánto tiempo tarda en hacer efecto? —preguntó.

—Bastante rápido —contestó Anya—. Empezarás a sentir algo de alivio en quince minutos.

Ilonka suspiró:

—Nunca quise ser una drogadicta.

—Hay peores formas de morir —le dijeron.

—¿Las hay?

Anya enarcó una ceja, moviéndose incómoda en su cama.

—¿Qué pasó? ¿Te dijo Kevin que no podía comprometerse a largo plazo?

—No exactamente. Yo le dije a su novia que estaba cometiendo un error en pensar al largo plazo con él.

Anya se interesó:

—Cuéntame toda la historia.

Ilonka lo hizo, no le llevó mucho tiempo. Al repasar la situación, se dio cuenta de que había golpeado a Kathy con fuerza y rapidez. Anya asintió para mostrar su aprobación.

—Le hiciste un favor a la chica —sentenció—. Es mejor que se enfrente a la realidad.

Ilonka tenía sus dudas al respecto.

—No le dije eso para hacerle un favor a ella. Lo hice para alejarla de Kevin —empezó a llorar de nuevo—. Es como si fuera tan patética que no puedo conseguirlo por mí misma. Tengo que destrozar su relación con su novia primero.

—Tienes razón en eso —convino Anya.

—Muchas gracias. No necesitas estar de acuerdo conmigo.

Anya comenzó a hablar, pero luego lo pensó mejor. Se frotó el muñón de su pierna, como solía hacer cuando no se sentía bien. Luego metió la mano en su caja de tesoros y sacó una pequeña escultura de arcilla naranja de un chico y una chica tomados de la mano. La escultura estaba rota; era una curiosa coincidencia que la pierna derecha de la chica fuera lo único que faltaba. Anya la sostuvo y la estudió como si contuviera grandes secretos.

—Yo la hice —dijo ella finalmente.

—No sabía que esculpías —aclaró Ilonka.

La figura estaba notablemente detallada, dado su tamaño, y parecía ser la obra de un hábil artista. Anya siguió mirando fijamente su obra rota.

—La hice para un amigo mío —dijo.

Ilonka captó algo en su voz.

—¿Para tu novio?

Anya tragó saliva con fuerza, e Ilonka creyó percibir un rastro de humedad en sus ojos. Y Anya, según decía la gente, ni siquiera había llorado cuando le cortaron la pierna.

—Sí —confesó Anya—. Se llamaba Bill. Nunca te he hablado de él, ¿verdad?

—No.

—Bueno, no hay nada que contar.

Ilonka se dirigió a la cama de Anya y se sentó.

—Vamos. Cuéntame. Tú eres mi amiga, lo sabes. Yo así lo siento.

Anya rio y sacudió la cabeza.

—Tienes un pésimo gusto para elegir amistades —dijo, y golpeó ligeramente la cama con la escultura—. Diablos, ni siquiera es una historia tan interesante. No podría contarla en nuestras reuniones, eso es seguro —hizo una pausa—. ¿En serio quieres escuchar sobre Bill?

—Sí.

Anya tomó aire.

—Como ya te dije, él era mi novio. Lo conocí hace dos años, cuando tenía dieciséis. Fue en un centro comercial, en la librería. Siempre he apreciado a los chicos lectores... hay tan pocos. Cuando lo vi por primera vez pensé que tenía un aspecto interesante. Tenía el cabello teñido de un color rojo fuego y llevaba un pendiente africano muy peculiar. Estaba en la sección de asesinatos de la vida real. Tenía como tres de esos libros en sus manos, así que supe de inmediato que estaba tratando con una mente perturbada. Yo estaba sentada en el suelo leyendo un libro de poesía y recuerdo la forma en que me miró, por encima de mí. Simplemente sonrió como si me conociera, como si yo estuviera allí, al igual que él. Se acercó y me invitó a salir. Por supuesto, yo mandé al carajo, pero no le importó y seguimos hablando hasta que finalmente le di mi número.

"Ése fue el comienzo. Pronto estábamos saliendo regularmente, algo que nunca había hecho con otro chico. Bueno, sí, había salido con montones de ellos, pero nunca de forma continua, pues nunca había sentido algo tan real. Sin embargo, había algo en Bill… no puedo explicarlo. Era como ese ritual que propusiste para el inicio de nuestras reuniones del club, como si él me perteneciera y yo le perteneciera a él. No era la persona rara que pensé al principio. Era mucho más estable que yo. Tan sólo le fascinaba el trabajo de los detectives y cosas así. De hecho, aunque parecía un criminal, quería ser policía algún día. Tenía planes… Bill tenía muchos planes, y cuando hablaba de eso yo siempre formaba parte de ellos.

Anya guardó silencio un momento antes de continuar.

—No sé por qué demonios lo hice. Yo era feliz con Bill. No quería salir con nadie más. Pero empecé a sentir, con el paso de los meses, que era *demasiado* feliz con él. Sé que suena estúpido. Es estúpido. Pero era como si fuera demasiado bueno conmigo, ya sabes, como si yo no lo mereciera. Incluso cuando estaba en sus brazos, amándolo con cada fibra de mi cuerpo, sentía que una parte de mí lo estuviera traicionando. Y esto fue incluso antes de que yo hiciera nada. Era como si en el fondo de mi alma yo supiera que aquello no podía durar, por lo que yo era. ¿Algo de lo que digo tiene sentido?

—Sí —convino Ilonka.

Anya se encogió de hombros, y continuó su relato.

—Entonces alguien más me invitó a salir. No puedo recordar dónde lo conocí, es más, ni siquiera recuerdo su nombre. Ah, sí, se llamaba Charlie. Charlie me invitó a salir y yo dije *de acuerdo*... las palabras simplemente salieron de mi boca. Porque no quería salir con él. Obviamente, ya era un problema desde la palabra *salir*. Pero siempre me habían atraído los problemas, hasta que conocí a Bill. Y entonces lo que hice fue salir con Charlie la misma noche que se suponía que saldría con Bill. Y ni siquiera llamé a Bill para decirle que no estaría disponible. Simplemente lo rechacé, lo ignoré, ya sabes, fui una perra.

"Pero eso no es ni la mitad de lo que pasó. No es ni la millonésima parte. Verás, mis padres estarían fuera de casa ese fin de semana, así que invité a Charlie, a sabiendas de que eso sólo nos llevaría a acostarnos. También estaba segura de que Bill no me buscaría allí. Él no sabía que mis padres estaban fuera de la ciudad y nunca se acercaba a ellos. A mis padres no les agradaba Bill... en realidad no les había agradado ninguno de los tipos con quienes yo había salido. *Vaya*, pensé mientras dejaba entrar a Charlie por la puerta principal, *¡qué habrían pensado de mi cita más reciente!* Charlie era el tipo de hombre tan asqueroso que sentías que tenías que rociar tus manos con desinfectante después de tocarlo. Pero ahí estaba yo, dispuesta a tener sexo con él. No me preguntes por qué, Ilonka, porque no tengo una respuesta para eso, salvo que era una idiota.

"Así sucedió. Después de estar cinco minutos en la casa, ya me tenía inmovilizada contra la pared. Comenzó a besarme como si yo fuera un pedazo de yeso en el que estaba tratando de perforar un agujero. A los diez minutos, como máximo, ya estábamos desnudos y en la cama. Lo extraño fue que, durante todo el tiempo, lo odié. Seguía deseando estar con Bill. Justo en la mitad del acto cerré los ojos e intenté fingir con todas mis fuerzas que era Bill. Le pedí a Dios que fuera él.

Anya se detuvo y cerró los ojos.

—¿Bill llegó en ese momento? —preguntó Ilonka con suavidad.

Anya asintió, una lágrima se deslizó por su ojo derecho.

—Qué mala coincidencia —susurró Ilonka.

Anya abrió los ojos y resopló.

—La que hizo posible la coincidencia fui yo. Ahora veo, de alguna manera pervertida, que yo quería que todo sucediera de esa manera. Si tan sólo quería acostarme con Charlie, podría haber ido a su casa. Y antes dije que sabía que Bill no iría a mi casa, pero tú ya sabes que nunca se puede descartar esa posibilidad, dado que no lo había llamado. Ésa es otra cosa: no me sorprendió cuando la luz se encendió de repente. Fue como si una parte de mí hubiera estado esperando que sucediera.

"Bill entró y allí estábamos nosotros dos, parpadeando frente a él. Me miró fijamente en ese momento, y lo que más me dolió fue que no parecía simplemente enfadado. Eso era de esperar. Me miró como si no me conociera. Eso fue lo que más me dolió, por lo que te dije antes. El día que nos encontramos había sentido como si nos conociéramos desde hace mil años. Algo así como las historias de vidas pasadas. Pero esa noche, cuando Bill me vio, yo podría haber sido un gusano que él creía que había muerto hace tiempo.

Anya se detuvo y levantó su escultura de arcilla.

—La estaba haciendo para Bill por aquellos días. Como puedes ver, todavía me faltaba pintarla. Se suponía que éramos nosotros dos… planeaba dársela para el día de San Valentín, que era la siguiente semana. Allí estaba, sobre la cómoda, cerca de la puerta, cuando Bill entró. Después de mirarnos fijamente, se acercó, la tomó y la tiró al suelo. Sólo estaba buscando algo para romper. Pero eso fue lo único que hizo. No intentó hacernos daño a ninguno de los dos. Ni siquiera dijo nada. Rompió esta figurilla y luego se dio la vuelta y se marchó. Nunca volví a verlo.

Anya se detuvo una vez más. No tenía más lágrimas, pero el dolor en su rostro era más profundo que su enfermedad. Ilonka se inclinó hacia ella y la abrazó, y Anya enterró la cara en su pecho. Se quedaron sentadas así durante un minuto. Entonces Anya susurró algo que Ilonka no entendió y tuvo que pedirle que lo repitiera. Anya se apartó.

—Dije que la única parte que se rompió fue mi pierna derecha —aclaró Anya.

—¿En esta escultura? Sí, pero eso no significa nada. Anya, ¿no crees que tienes cáncer en la pierna por lo que pasó esa noche, verdad?

—Enfermé un año después de eso, justo en la pierna derecha. Enfermé y me la cortaron.

—Pero eso fue una coincidencia. Ya sabes cómo funcionan estas enfermedades. Probablemente tuviste el cáncer durante años antes de que te enteraras.

—Tal vez —convino Anya.

—No hay ningún "tal vez" en esto. Mira, hiciste algo de lo que te sientes culpable. Eso es malo, sí, te hace sentir terrible. Pero ésa no es la razón por la que te enfermaste.

Anya tocó la pierna rota de la chica en la figura de arcilla.

—Una cosa es estar enfermo del cuerpo, y otra estarlo del alma —se encogió de hombros—. En realidad no importa... Como dije anoche, probablemente ni siquiera tenemos una.

—Dijiste que no habías visto a Bill desde entonces. ¿Sabe él que estás aquí?

—No. Pensé en escribirle, pero no parecía tener sentido.

—¿Qué querrías decirle?

El labio inferior de Anya tembló.

—Que lo lamento.

—Deberías escribirle. Deberías llamarle.

Anya volvió a poner la escultura en la caja.

—No hay tiempo.

Anya no quería hablar más del tema. Ilonka volvió a su cama y se acurrucó bajo las sábanas. La morfina en su torrente sanguíneo la adormilaba, y estaba demasiado cansada para huir de su encanto. Pronto se quedó dormida. Pronto estuvo despierta sólo en sus sueños.

Era otra época. Tal vez otro mundo. Pero ¿qué era el tiempo y el espacio cuando todo era uno? Eso fue lo que el Maestro dijo. ¿Qué es la realidad? ¿Quién eres tú? Todo esto que ves, todo esto que conoces con tus sentidos, es maya... ilusión. Tú estás más allá de eso. Eres suprema.

Ella iba a ver al Maestro ahora y estaba tratando de recordar todas esas cosas que él le había dicho antes. Pero sus palabras eran como las de un poema susurrado: embriagadoras para los oídos, tan suaves y sutiles, pero difíciles de comprender, al menos con la mente. Él decía que no le hablaba a la mente, sino al corazón. Era una lástima que su corazón estuviera tan lleno de dolor… que no pudiera escuchar mejor. Pero bueno, él lo entendía. Entendía todo sobre ella, y aun así, la amaba.

Encontró al Maestro sentado junto a un río que fluía tranquilamente. Su pelo y su barba eran largos y oscuros, sus ojos grandes y brillantes. Él sonrió cuando ella se acercó y eso fue suficiente para aliviar su carga: que él la viera de nuevo y la recordara. Hacía dos años que no se encontraban, y en ese tiempo ella había perdido todo lo que amaba. Él le pidió que se sentara a su lado.

La suya era una paz suave… casi parecía como si el viento pudiera agitarla y llevársela, como el pétalo de una flor en la brisa. Sin embargo, ella sintió que debajo de su delicada tranquilidad estaba el poder que movía el universo entero. Él no habló al principio, sólo la miró, y ella sintió cómo sus propios ojos se humedecían.

—¿Has viajado mucho? —preguntó él finalmente.

Ella asintió.

—Sí, Maestro.

Él jugaba con una rosa en su mano.

—Tu marido no está contigo.

—No.

—Ah —dijo él—. Eso es. Se ha ido y te sientes perdida.

Nuevas lágrimas brotaron de sus ojos.

—Estoy perdida. Me ha dejado y no va a volver. No sé qué hacer. No puedo dejar de pensar en él.

—No puedes dejar de pensar en él —aceptó el Maestro—. Aquello a lo que te resistes persiste en la mente. Siempre es así. Así que estás pensando en él. Obsérvalo. Maravíllate con ello. Incluso los iluminados tienen emociones. Pero mientras tú actúas, los iluminados sólo se maravillan de ellas —el Maestro rio y le dio un ligero golpe en la cabeza con la rosa—. Es una maravilla que estés aquí.

Ella se sintió reír en medio del llanto.

—¿Volverá a mí algún día?

El Maestro se encogió de hombros.

—No lo sé. Si vuelve, así será. Si no vuelve… eso también es inevitable. Pero tú no necesitas su amor.

—¡Pero sí lo necesito! ¡Su amor significó más para mí que cualquier cosa en el mundo!

El Maestro negó con la cabeza.

—No, no lo necesitas. Tú eres el amor.

Ella asintió.

—Lo entiendo, intelectualmente… Sólo que no me ayuda en este momento —ella tocó el dobladillo de su túnica—. Por favor, tráelo de regreso a mí.

—Ah —el Maestro se quedó pensativo—. ¿Qué harías si lo trajera de vuelta? ¿Lo amarías más? ¿O sólo lo amarías por lo que él podría hacer por ti? ¿Por lo que él te da?

—Lo amaría incondicionalmente —ella respondió así porque el Maestro siempre hacía hincapié en que habían nacido para aprender el amor incondicional.

Pero él se rio de su respuesta.

—Puedes amarlo incondicionalmente ahora. No necesitas verlo. La única razón por la que quieres verlo es para conseguir *algo de él —el Maestro negó con la cabeza—. Te he visto pasar por esto más veces de las que recuerdas. Cuando estás con él, todo es febril. Te enredas, te apegas tanto. ¿Es de extrañar que el universo te lo arrebate? No, no lo necesitas. Me tienes a mí, tienes a Dios. Es suficiente que nosotros te amemos.*

Ella había estado contando con un solo movimiento mágico de la mano de este Maestro, quien había resucitado a otros de entre los muertos de esa manera. Pero él no la ayudaría, y ella no entendía por qué. Sin embargo, una vez más, él leyó su mente.

—Veo que todo este dolor es bueno para ti —dijo—. Te devuelve a tu ser interior. No tienes que ser tan necesitada emocionalmente. Cierra los ojos y quédate quieta. Aprende a disfrutar de ti misma —la golpeó en la cabeza una vez más con su rosa—. Ahora, vete. Descansa.

Ella se sorprendió por la repentina despedida.

—Pero todavía me siento tan herida…

—Las emociones van y vienen… tu dolor no permanecerá. Concedes tanta importancia a tus emociones. No sé por qué.

Ella se levantó con renuencia.

—¿Lo volveré a ver?

El Maestro cerró los ojos brevemente.

—Sí.

—¿En esta vida?

Pero a esa pregunta no quiso responder.

CAPÍTULO 4

Era la hora de otra reunión del Club de la Medianoche. Spence había traído dos botellas de vino y seis copas.

—Debemos hacer un brindis —dijo mientras repartía las copas.

Acababan de terminar el ritual de "Te pertenezco".

—¿Qué celebramos? —preguntó Ilonka.

—Hoy es el primer día del resto de nuestras vidas —dijo Spence, y rio en silencio de sí mismo y de su cliché.

Esta noche es el comienzo de la noche interminable.

Ilonka miró a su alrededor preguntándose de dónde habría surgido ese pensamiento. Rápidamente, lo descartó por ridículo, ya que todos sus pensamientos se originaban dentro de su propia mente. Pero la frase podría haber aparecido en su cabeza desde una fuente externa… se sentía tan extraña. Buscó los rostros de los presentes en la sala y sus ojos se posaron en Anya, quien estaba ahí sentada, adolorida y exhausta.

Ilonka había dormido un par de horas después del relato de Anya sobre Bill, pero al despertarse no había podido convencer a Anya de que siguieran hablando sobre ese asunto. Ilonka ahora se planteaba la posibilidad de encontrar a Bill para ponerlos en contacto. Anya podría gritarle todo lo que quisiera, a Ilonka no le importaba.

—Así es —Ilonka estuvo de acuerdo con Spence.

Ella nunca había probado el vino y estaba deseando hacerlo. Su propio dolor era mucho menor que antes. Se sentía optimista, segura de que los resultados de sus pruebas mostrarían que sus tumores se estaban reduciendo. Eso no significaría que estuviera bien —no era tan tonta—, pero sí que *podría* recuperarse. Eso era lo único que deseaba, una segunda oportunidad.

Recordó vagamente haber soñado con su Maestro, y eso también la había hecho sentir mejor. Sin embargo —era muy extraño—, en el sueño no había estado de acuerdo con lo que él le decía. No podía imaginarse discutiendo con un ser así.

—¿De dónde sacaste el vino? —preguntó Kevin.

A Ilonka le resultaba difícil mirar incluso en dirección a él, por una serie de razones. Estaba su culpabilidad por lo que le había dicho a Kathy y su miedo a que ésta le llamara y le contara lo que la cruel y malvada Ilonka Pawluk le había dicho. También estaba el terrible aspecto de Kevin: sus mejillas estaban tan hundidas que podría haber sido el ángel austero del que hablaba en su historia. Aquella tarde, Spence había tenido que ayudarle a llegar al estudio.

Sandra... ella tenía el mismo aspecto de siempre, nada mal.

—Lo pedí por correo —respondió Spence—. Ni siquiera me pidieron mi identificación falsa, que yo habría facilitado con mucho gusto. Es un mundo maravilloso en el que vivimos cuando puedes comprar el pecado y la degradación por catálogo —terminó de repartir las copas y tomó una de sus botellas de vino—. Yo digo que matemos esta botella antes de empezar nuestras historias.

—Yo sólo quiero un trago —dijo Sandra.

—Tomarás tu medicina como una mujer adulta y sin quejarte —dijo Spence—. Debes tomarte una copa completa. ¿Quién sabe? Podría aflojar tu lengua y podríamos escuchar una historia tuya esta noche.

Spence caminó alrededor de la mesa sirviendo el vino como si fuera un camarero. Cuando llegó a la copa de Ilonka, frunció el ceño y se la quitó.

—Lo siento, mi princesa polaca —dijo, estudiando la copa, que sin duda había tomado prestada de uno de los muchos armarios de la mansión—. Creo que está un poco polvorienta. Por suerte fui lo suficientemente sabio como para traer una copa extra —sacó la que tenía de repuesto y le sirvió una generosa porción. El líquido de color rojo oscuro parecía sangre a la brumosa luz de las velas.

Un momento después ya estaban todos sentados y Spence propuso un brindis. Levantó su copa y los demás hicieron lo mismo.

—Por el Club de la Medianoche —dijo—. Que la maravilla de su genio creativo inspire a muchos a tomar el oscuro y peligroso, y siempre erótico, camino de la narración nocturna. ¡Salud!

—¡Salud! —repitió el grupo.

No todos podían alcanzar a chocar sus copas, repartidos como estaban alrededor de la amplia mesa de madera, pero Ilonka pudo chocar su copa con la de Kevin. Él le sonrió mientras lo hacían y ella no detectó ni siquiera un rastro de resentimiento en sus ojos.

Sin embargo, el vino fue una decepción para Ilonka. Ella había imaginado que sabría a jugo de uva glorificado, salpicado de néctar. En cambio, lo encontró bastante amargo y se preguntó si sería por el alcohol que contenía. Los otros, sin embargo —probablemente todos ellos, experimentados bebedores de vino—, parecían felices con la bebida. De hecho, *Sandra* pidió una segunda copa, que Spence le sirvió con mucho gusto. Una botella menos, quedaba una más.

Finalmente se sentaron a contar sus historias.

Spence quería que Anya fuera la primera, porque dijo que él quería ser el segundo y así volarle la cabeza con su gran historia. Pero ella dijo que no tenía una para contar.

—Pero, seguramente el diablo debe haber visitado a alguien más entre anoche y hoy —exclamó Ilonka, incitándola.

Anya se movió incómoda en su silla, frotando sus dedos repetidamente como si sufrieran de artritis. Su rostro estaba tan contraído por el dolor que parecía una mujer vieja y arrugada.

—El diablo siempre va un paso por delante de mí —dijo Anya—. No sé qué ha hecho entre entonces y ahora. No tengo historia para esta noche —miró a Ilonka—. Ya conté lo que tenía que contar.

Ilonka se dio cuenta de que se refería a esa tarde. Ella ya había contado su historia del día. Kevin tomó la palabra.

—Estás trabajando en una gran historia para dejarnos a todos boquiabiertos —dijo.

Anya sonrió débilmente.

—Claro.

—Sandra —dijo Spence—. ¿Ya se te soltó la lengua?

Sandra se había terminado su segunda copa, y había un brillo en sus ojos como si... así es, estaba ebria. Con sólo dos copas de vino. Sandra tenía una sonrisa salvaje en la cara, que le sentaba mejor que su corte de cabello.

—Me gustaría hablar del primer chico que me hizo el amor —dijo Sandra de repente, arrastrando las palabras.

Spence aulló y el resto rio.

Sandra empujó su copa hacia Spence.

—Sírveme otro trago.

Spence tuvo la segunda botella abierta en un momento y pronto Sandra estaba lista para unirse oficialmente al Club. Su sonrisa era tan grande como su rostro.

—Se llamaba Dan —comenzó Sandra—. Lo conocí en un parque de Portland. Yo estaba dando de comer a los patos y él estaba allí con su perro. A su perro no le gustaban los patos. Intentaba comerse un par de ellos. De hecho, atrapó uno y le arrancó un bocado de plumas. Como sea, conocí a Dan y nos pusimos a hablar, y luego nos internamos en el bosque y tuvimos sexo. Fue mi primera vez y fue genial —Sandra se echó a reír—. Ésa es mi historia.

Todos miraron fijamente a su primorosa y correcta Sandra.

Ilonka finalmente rompió el silencio.

—¿Eso es todo? —preguntó—. ¿Conociste al tipo unos cuantos minutos y te acostaste con él?

Sandra se indignó de repente.

—Hablamos durante un par de horas —luego soltó otra carcajada—. ¡Hablamos de sexo!

—Espera un segundo —dijo Spence—. ¿Qué había en Dan que fuera tan especial para que dejaras de lado tus antecedentes conservadores y saltaras sobre sus huesos?

Sandra estaba obviamente desconcertada.

—No lo sé. No era tan guapo. Debe haber sido el vino que estábamos bebiendo.

Spence se aclaró la garganta.

—Ya se ha dicho bastante —miró a los demás—. Supongo que yo debería empezar, a menos que alguien más quiera ir primero… ¿No? Bien, pero antes de empezar quería decir que recibí otra carta de Caroline hoy, y ella podrá venir de visita en dos semanas. Antes de que llegue ese momento voy a necesitar algunas cosas de la farmacia que las enfermeras no están repartiendo, si saben a lo que me refiero.

—Estás tan enfermo que estoy segura de que eres estéril, si no es que también impotente —intervino Anya—. No necesitas condones.

—Te aseguro que un tumor en la cabeza grande no ha afectado el funcionamiento de la cabeza pequeña en lo absoluto —reviró Spence—. Ilonka, escuché que saldrás mañana. ¿Podrías pasar a la farmacia en el camino de regreso?

—Fue hoy cuando salí —dijo ella, sorprendida de que Spence hubiera olvidado ese hecho, dado que tenía una mente tan buena para los detalles.

—Ah, es cierto, no importa entonces —dijo Spence dejando rápidamente de lado el tema—. Pasemos a mi historia. Ésta se llama "Sidney incendia su escuela".

—¿Debemos asumir que Sidney está relacionado con el Eddie de anoche? —preguntó Ilonka.

—Son primos lejanos —continuó Spence—. Sid todavía está en preparatoria cuando la historia comienza. Cursa el último año y nunca ha salido con una chica. Es introvertido, pero un mago experto que de vez en cuando realiza pequeños espectáculos para sus amigos. Le gusta una chica llamada Mary, a quien muestra algunos de sus trucos en el almuerzo en la escuela, y ella le dice lo fabuloso que es. Sus palabras le dan confianza, así que la invita a salir, y ella acepta. Durante la cita él le muestra más trucos y ella lo convence de que debería de hacer un espectáculo para toda la escuela. A ese respecto Sid tiene sus dudas, pero el entusiasmo de Mary lo convence. Ella le asegura que incluso podría ganar dinero con el espectáculo, además de que se convertiría en uno de los chicos más populares de la escuela. Y Sid siempre ha querido ser popular.

"Mary había sido muy popular en la escuela, pero ya no. El año anterior había sido porrista y todos los chicos de la escuela la invitaban a salir. Pero al final de ese año, se encontraba en una fiesta y se emborrachó muy seriamente. Conduciendo a casa en el enorme tráiler de su padre, chocó con un coche en el que iban seis chicos del equipo de futbol, incluyendo al mariscal de campo, y los mató a todos.

—Espera un segundo —dijo Ilonka—. ¿Su padre le prestó su tráiler para ir a una fiesta?

—Exactamente —dijo Spence—. Él ya sabía cómo se ponía su hija cuando bebía. Supuso que si ella chocaba contra algo en su tráiler, no saldría herida. Y, de hecho, así fue: ella no recibió ni un rasguño, aunque sí destrozó el corazón del equipo de futbol. Por supuesto, al siguiente año, el equipo no dio una y todos culparon a Mary por eso. Ni siquiera la dejaron seguir siendo porrista. Así que para cuando Mary se enganchó con Sid, se sentía bastante resentida.

"Sid, por supuesto, conocía el pasado de Mary, pero no sabía que ella odiaba a todos los alumnos de la preparatoria. Así que siguió su plan para montar un gran espectáculo de magia. Mary iba a ser su asistente. Ya saben que los magos siempre cortan a las chicas por la mitad y cosas así. Sid necesitaba una bella mujer para animar su acto, y Mary se ofreció a trabajar con él todos los días después de la escuela. Ya pueden imaginar las maravillas que esto hizo con el ego de Sid. Para cuando llegó el gran día, el chico se sentía invencible, en la cima del mundo.

"Pero el espectáculo fue un desastre. Sid planeó empezar por hacer levitar a Mary tres metros en el aire. Pero sin que él lo supiera, ella había planeado que Sid fracasara, y saboteó el truco.

—Pero ¿por qué? —interrumpió Anya.

—Escucha —dijo Spence—. Mary estaba a sólo medio metro en el aire cuando de repente cayó sobre una alfombra de espuma que se había colocado debajo de ella. Pero ése no fue el final del espectáculo de magia de Sid, aunque más de unas pocas personas en la audiencia se rieron de él. Sus siguientes trucos fueron espléndidos, pero no involucraron a Mary. Justo cuando estaba consiguiendo que el público estuviera de su lado, hizo un truco en el que tenía que transferir a Mary de una caja a otra. Bueno, por supuesto, la ingrata chica no se movió… se mantuvo en la caja original. Esta vez, el público se rio mucho. La confianza de Sid se disipó. Hizo el siguiente par de trucos él solo, pero estaba tan afectado que los estropeó. Cuando llegó el momento de que Mary volviera a ayudarle, el público ya estaba gritando y aullando por todo lo que hacía. Pero Sid sabía que podría redimirse si conseguía llevar a cabo su gran final, que implicaba quemar a Mary hasta las cenizas y reconstruirla y hacerla aparecer de pronto en la fila superior de las gradas del gimnasio.

"Lo preparó todo a la perfección. Hizo que el fuego se encendiera bajo la olla en la que estaba Mary. Cuando puso la tapa, todo el mundo quedó boquiabierto y se preguntó cómo podía estar Mary en una olla tan caliente. Volvieron a jadear unos minutos después, cuando Sid quitó la tapa y vieron que no había nada dentro, salvo un montón de cenizas. Pero entonces, cuando Sid chasqueó los dedos para que Mary reapareciera, no ocurrió nada. Sin que él lo supiera, la chica había aprovechado la oportunidad para abandonarlo. Naturalmente, todos los estudiantes estallaron en risas y abucheos. De hecho, la gente comenzó a lanzarle papeles a Sid, que salió del gimnasio sumido en la vergüenza.

"Sorprendentemente, Sid ni siquiera estaba seguro de que Mary lo hubiera traicionado, sobre todo cuando ella le explicó que se había atascado y que el equipo había fallado, y cosas así. Dejemos claro que Sid era bastante crédulo frente a una cara bonita. Pero una cosa que Sid sabía con certeza era que quería vengarse de todos en la escuela por haberse reído de él. Mary no lo animaba activamente a vengarse, pero a su manera sutil dejaba entrever que el alumnado merecía, en efecto, su ira. Sid empezó a planear su venganza... ¿qué era lo peor que podía hacerles? Entonces, se le ocurrió una idea. Era horrible, brillante, algo que sólo Sid podría soñar. Verán, desde el momento mismo en que Mary había empezado a hablar con Sid, se dio cuenta de que era un tipo que en verdad podría darle un buen golpe a la escuela. Ella lo había conducido directo a ese momento, hasta aquella decisión, sin que él sospechara siquiera.

—Si ella fue lo suficientemente inteligente para llevarlo tan lejos —preguntó Anya—, ¿cómo es que no pudo pensar en su propio plan?

—Las personas verdaderamente inteligentes siempre utilizan a otros para sean ellos quienes se ensucien las manos —replicó Spence con suavidad—. Sólo hay que ver a esos ladrones trajeados de la capital. En fin, Sid decidió quemar el gimnasio durante un partido de basquetbol, cuando todo el mundo estaba dentro. Dado que era un mago, naturalmente era un maestro en forzar cerraduras. La noche del gran juego irrumpió en una refinería y robó un camión cuyo tanque estaba lleno de gasolina. Llegó al gimnasio hacia el final del segundo tiempo y condujo su camión hasta una de las puertas traseras. Luego, en silencio, dio la vuelta y encadenó cada una de las puertas del gimnasio. Ah, ¿mencioné que éste era uno de esos gimnasios de estilo antiguo, con una sola fila de pequeñas ventanas reforzadas con metal, por completo fuera de alcance? Ustedes ya han visto ese tipo de rendijas. Están como a diez metros de altura, en la pared. Creo que la mitad de los gimnasios del país tienen ventanas de este tipo. Sid los tenía encerrados en el agradable y apretado interior.

"Ya había llegado el momento de la parte divertida. Sid tenía un taladro y perforó un agujero de quince centímetros en la puerta de metal, en la esquina más lejana. El ruido dentro del gimnasio era tan fuerte que nadie sospechó. Pero ese mismo ruido se redujo a un susurro cuando Sid sacó la manguera del tanque y comenzó a bombear un torrente de gasolina sobre el suelo de madera del gimnasio. Sí, creo que sería justo decir que en ese momento se detuvo el juego de manera abrupta.

"Entonces, empezaron los gritos. El olor a gasolina es inconfundible, y tal vez todo el mundo dentro del gimnasio se dio cuenta de que si había un loco allá afuera lo suficientemente psicótico para bombear gasolina adentro, estaría lo suficientemente chiflado como para prenderle fuego. Todos se precipitaron hacia las puertas. Los gritos subieron de volumen porque las puertas no se abrían. Las personas se amontonaron unas sobre otras asfixiándose en una montaña de carne. Observando a través del mismo agujero que utilizaba para bombear la gasolina, Sid sintió un súbito arrepentimiento. No era un mal tipo en el fondo, sólo se había sentido tan humillado que se había dejado llevar. Pero ahora que veía que la gente estaba resultando herida quiso detenerse. Sacó su manguera por el agujero de la puerta antes de que su camión de gasolina estuviera completamente vacío. Estaba tratando de averiguar cómo podría abrir las puertas y dejar salir a todos sin meterse en problemas, cuando algo duro y pesado lo golpeó en la cabeza por la espalda. Sid cayó presa de un destello óptico y mucho dolor. A través de la sangre que entraba en sus ojos, vio que una figura metía otra vez la manguera en el agujero de la puerta y reanudaba el bombeo de gasolina. Intentó incorporarse. La figura se dirigió hacia él, riendo. Era Mary.

""Sabía que se te ocurriría algo brillante", le dijo ella. "Pero también pensé que te acobardarías en el último minuto."

""Mary", murmuró Sid. "¿Por qué?"

""Se lo merecen", explicó ella.

"Sid trató de levantarse para detenerla, pero estaba demasiado mareado y cayó al suelo otra vez. Observó impotente cómo Mary terminaba de bombear la gasolina y luego tiraba a un lado la manguera. Ella sacó un encendedor de un bolsillo y un periódico enrollado del otro.

""¡No lo hagas!", le suplicó Sid.

""No te preocupes, no le diré a la policía que fuiste tú quien robó el camión de gasolina."

"Ella encendió el periódico y lo agitó ante los ojos de Sid.

""Y supongo que tú no le contarás a nadie de mí."

""Lo contaré todo", juró Sid.

"Mary se arrodilló a su lado, sosteniendo el periódico en llamas cerca de su rostro.

""Espero que no lo digas en serio", amenazó ella. "Porque si lo haces, tendré que matarte ahora."

"Se inclinó y lo besó en la frente.

""Me gustas, Sid, aunque seas un nerd."

""No soy un nerd", dijo Sid con rabia.

"Su cabeza estaba empezando a aclararse, poco a poco.

"Mary rio.

""Sí, lo eres. Pero eres un nerd sexy, y yo nunca había tenido uno de ésos antes."

"Ella presionó el periódico encendido prácticamente en su cabello.

""¿Qué vas a hacer, cariño?"

""No diré nada si sigues trabajando conmigo en mi espectáculo de magia", fue la condición de Sid.

""Trato hecho", aceptó Mary.

"Se puso de pie y aventó el papel en llamas por el agujero de la puerta. Los gritos en el interior pasaron del pánico a la angustia y el dolor, alaridos tan intensos que literalmente hacían que se sacudieran las paredes del edificio.

""Mil aficionados muertos", se maravilló Mary en voz alta.

"Ayudó a Sid a salir del gimnasio y volver a su auto mientras los gritos lastimeros empezaban a desvanecerse lentamente y el edificio comenzaba a derrumbarse. A lo lejos, Mary y Sid pudieron escuchar los camiones de bomberos que se acercaban. Pero ya se habían ido antes de que alguien más llegara.

Spence dejó de hablar y tomó un trago de vino.

—¿Y eso es todo? —preguntó Ilonka–. ¿Al final, se salieron con la suya?

—No exactamente —continuó Spence—. Un año después, Sid estaba haciendo un espectáculo de magia en un club al otro lado de la ciudad. Había comenzado a trabajar de manera regular con Mary después de que terminaron la preparatoria. Su relación estaba bien en cuanto al sexo —Mary podía tener sexo seis veces al día y seguir sintiéndose ansiosa—, pero ella siempre sacaba de quicio a Sid con su constante necesidad de mantener el control. Se burlaba de él diciendo que podía entregarlo a la policía en cualquier momento, que nadie creería que una linda exporrista como ella había quemado a todos los estudiantes. Mary no entendía que había más en Sid de lo que se percibía a simple vista. Una noche en el club, él tenía a la chica dentro de esa caja especial que usan los magos cuando supuestamente cortan a la gente por la mitad. Sólo que esta vez había arreglado la caja para que el cuerpo de Mary quedara atrapado a lo largo. Cuando la hoja la cortó, ella comenzó a gritar, pero, por supuesto, el público pensó que era parte del espectáculo. Incluso cuando la sangre comenzó a gotear en el suelo, la multitud seguía sin creer que hubiera un problema. Sid separó la caja, y los dos lados de Mary quedaron expuestos, ambos extremos ensangrentados. Para ese momento, Mary ya había dejado de gritar.

Spence se detuvo de nuevo.

—Entonces, ¿se salió él con la suya y se libró del asesinato? —preguntó Ilonka.

—Claro —afirmó Spence—. Tan sólo le dijo a la policía que no sabía qué había salido mal, que había hecho el truco con éxito docenas de veces antes. Sid finalmente pasó a encabezar un importante espectáculo de magia en Las Vegas. Creo que todavía sigue allí —Spence hizo una pausa y sonrió—. Ésa es mi historia para esta noche.

—Me pareció bastante *caliente* —concedió Ilonka—. En un sentido bastante literal.

—Me gustó la idea de la gente atrapada en el gimnasio con la gasolina entrando a borbotones —dijo Kevin—. Me recordó a tu historia de la Torre Eiffel, en el sentido de que cada una recurre a una única y poderosa imagen. Tienes talento para las escenas cinematográficas, Spence.

—Gracias —dijo Spence, complacido.

Ilonka sabía que él buscaba la aprobación de Kevin de manera particular, ya que éste era claramente el más inteligente del grupo.

—¿Toda la gente del gimnasio murió? —preguntó Sandra—. Eso es un poco repugnante.

—*Repugnante* es mi segundo nombre —dijo Spence con orgullo, y luego miró a Anya—. ¿Algún comentario?

Anya estaba pasando una mala noche. Se le veía retraída, presa del dolor.

—No —dijo ella.

Spence pareció preocuparse por su comentario.

—Al menos dime si te gustó o no —pidió el chico.

—Lo siento, me distraje y dejé de escuchar —respondió Anya, lo cual era probablemente la cosa más insultante que podría haberle dicho. La única regla del Club de la

Medianoche era que a cada narrador se le concedería toda la atención de los demás.

Pero Spence parecía más nervioso que insultado. Y no habló más.

Kevin quería ser el último de la noche, así que Ilonka fue la siguiente. Reveló que tenía otra historia de vidas pasadas.

—Ésta tiene lugar en la antigua India —dijo—. No sé hace cuánto tiempo, pero mucho antes de la historia registrada. Mi nombre en ese tiempo era Padma, que significa "flor de loto". Pero no voy a comenzar la historia conmigo, sino con mi madre, antes de que yo naciera. Su nombre era Parvati, que era uno de los muchos nombres de la gran Diosa. Cuando Parvati tenía alrededor de dieciséis años conoció a un hombre llamado Vishnu, y de inmediato se enamoró de él, y él de ella. Para desgracia de los jóvenes amantes, no pertenecían a la misma casta. Parvati era una brahmán, la casta más alta, que se asignaba a los sacerdotes, y Vishnu era un shudra, la casta obrera. En aquella época, estaba prohibido fraternizar entre castas. Es difícil imaginar lo estricta que era esta norma, pero incluso hoy en día, en ciertas partes de la India, la gente ni siquiera concibe casarse con alguien que no pertenezca a su casta. La unión de un shudra y una brahmán estaba especialmente prohibida, porque equivalía a rebajar la dignidad de una casta superior.

"Parvati y Vishnu sabían que estaban destinados a estar juntos, pero tenían miedo de huir para intentar empezar una vida en otro lugar. Tampoco querían agraviar a sus familias. Finalmente decidieron que no podían verse más. Vishnu abandonó la zona, y poco después se arregló un marido adecuado para Parvati. Los matrimonios arreglados eran la norma en esos días.

"La noche antes de su boda, Parvati estaba muy angustiada. Había conocido a su futuro marido, y aunque era un buen hombre, sospechaba que nunca sentiría por él ni una décima parte de lo que había sentido por Vishnu. Antes de irse a la cama, se arrodilló y rezó al gran dios Shiva para que la sacara de su miseria. Su salud no era buena y sabía que no haría falta mucho para llevarla al límite. Rezó durante mucho tiempo y no se detuvo hasta que escuchó un sonido fuera de su ventana. Ahí, había una manada de cuatro perros reunidos en torno a la fuente del patio de su familia, bebiendo el agua. Ella no entendía cómo los perros habían conseguido entrar en el patio, ya que estaba cerrado por la noche. Se apresuró a salir para revisar si se había dejado una puerta abierta, y entonces vio al *siddha* sentado junto al agua. Los perros le lamían las manos. "*Siddha*" es una palabra en sánscrito que designa a un ser perfecto, a un santo, a un yogui. Parvati sabía que estaba en presencia de alguien grande, por el maravilloso sentimiento de amor y poder que emanaba del hombre. El *siddha* les pidió a los perros que se sentaran en silencio y a ella le hizo un gesto para que se acercara. Parvati se preguntó si no sería el propio Shiva en persona quien había acudido a ella, ya que era bien sabido que a Shiva le gustaba vagar por la Tierra en compañía de perros. Con las palmas de las manos cruzadas en un gesto de oración, se arrodilló a los pies del *siddha*. Éste sacó una joya amarilla de los pliegues de su túnica y se la entregó. Le habló en voz baja.

""Esta joya es un símbolo de tu amor por aquél que crees que has perdido", dijo. "Es también un símbolo de su amor por ti. Mientras ese amor viva, tú vivirás en este mundo."

""Pero no quiero vivir sin su amor", dijo Parvati.

""Él es una parte de ti, y tú eres el amor", dijo el *siddha*. "Recuerda lo que te he dicho." Entonces, se levantó con sus perros y salió del patio.

"Esa noche Parvati hizo un broche especial para la joya y la llevó bajo su sari, cerca de su corazón. Al día siguiente se casó con un hombre llamado Raja, quien fue mi padre. Raja no supo de Vishnu o de la visita del *siddha*, al menos no al principio.

"El tiempo pasó y yo nací y crecí hasta convertirme en una joven mujer. Cuando tenía dieciséis años, la misma edad que había tenido mi madre cuando ella conoció a Vishnu, se cruzó en mi camino un hombre llamado Dharma de quien me enamoré perdidamente. Para mí, Dharma lo era todo, era la luz del sol y el reflejo de la luna, el viento que soplaba dulcemente entre los árboles. Lo amaba tanto que a su lado me sentía en la presencia de Dios mismo. Así de grande era mi devoción. Pero desafortunadamente, Dharma era también un shudra, y él estaba vedado para mí por tradición. Sin embargo, yo era diferente a mi madre. Dije a mis padres que me uniría a él y que nada podría detenerme. Juré que moriría antes que estar sin su compañía. Como es natural, mi padre se escandalizó y se indignó por mi anuncio. En la antigua India, una hija simplemente no decía cosas como ésta a su padre. Mi madre intentó intervenir, pero él me encerró en mi habitación y no me dejaba salir. Es interesante que mientras todo esto sucedía, yo no tenía conocimiento de lo que había pasado mi madre cuando ella tenía mi edad. Pero yo había heredado la joya amarilla que el *siddha* le había entregado a mi madre, y la cargaba en una cadena de oro cerca de mi corazón. Ella me la había dado cuando cumplí diez años y me había dicho que la tuviera siempre cerca, pues era mágica.

"En ese mismo momento, mi *nani*, la madre de mi madre, fue con mi madre y le contó un sueño que había tenido cuando mi madre había conocido a Vishnu. Le dijo a mi madre: "En el sueño supe que debías estar con ese joven, que era el indicado para ti, aunque fuerá de otra casta. Pero tuve miedo de decírtelo porque habrías podido casarte con él y eso habría traído la desgracia a toda la familia. Siento que es lo mismo para la pobre Padma y su amigo: están hechos el uno para el otro".

"Mi madre estaba conmocionada porque su madre nunca le había dado ni siquiera una señal de que sabía su cercanía con Vishnu. Pero mi *nani* sabía mucho. Le dijo a mi madre que incluso conocía el paradero de aquel hombre. Mi madre le rogó que la condujera hasta él, y la anciana lo hizo, aunque con renuencia, porque tenía el don de la profecía y sabía del dolor que se produciría por su reencuentro. Mi *nani* le advirtió a mi madre acerca de esto, pero ella acudió a ver a Vishnu de todos modos. ¿Cómo podría no hacerlo?

"Lo encontró como un hombre empobrecido y desgraciado. De hecho, vivía en las calles, y cuando mi madre lo vio, él llevaba días sin comer. Ella había llevado nueces y frutas y lo alimentó. Luego, hablaron. Vishnu le dijo lo feliz que se sentía de verla de nuevo y le preguntó por su familia. Cuando ella le dijo que tenía una hija que estaba pasando por lo mismo que ellos cuando eran jóvenes, él se mostró comprensivo. De hecho sintió como si estuviera hablando de una hija propia. Le preguntó si era posible verme y mi madre le dijo que la única manera de cumplir su deseo sería que él fuera a nuestra casa como un simple obrero, en busca de trabajo. El hombre aceptó. Esta parte es importante: mi madre le contó a Vishnu sobre la visita del *siddha* y la gema mágica que le había regalado. Vishnu entendió el profundo significado de lo que el *siddha* había dicho. Nunca había dejado de amar a Parvati, a pesar de que su vida había sido muy dura y solitaria.

"Vishnu se dirigió a nuestra casa, mientras mi madre partió para estar con su madre durante uno o dos días. Pero cuando Vishnu llegó a nuestra casa, mi padre le dijo que no necesitaba ningún trabajador. Entonces, Vishnu confesó que había conocido a Parvati cuando era joven. De hecho, le contó a mi padre toda la historia: Vishnu era un alma tan pura que era realmente incapaz de mentir. Como puedes imaginar, a mi padre no le gustó que el antiguo amor de su esposa se presentara a su puerta, y menos aún que pidiera ver a su hija. Mi padre le ordenó que se marchara y, cuando Vishnu así lo hizo, entró furioso en mi habitación. Él me pidió mi gema amarilla y me la arrancó de la mano. Luego atrancó la puerta. En ese momento, yo no sabía lo que estaba pasando.

"Mi padre volvió poco después con malas noticias. Mi madre había muerto. Parecía que había caído en un repentino coma en el instante mismo en que mi padre me había quitado la gema. Mi abuela nos había traído la noticia.

"Esa noche mi padre tuvo un sueño, el cual nunca llegué a escuchar completo, pero que lo llevó a tomar conciencia de la conexión que existía entre la gema del *siddha* y la muerte de su esposa. Sé que interrogó a mi abuela sobre la gema, y ella le contó lo que sabía. Lo que sé con certeza es que mi padre se mostró de súbito ansioso por regresarme la gema, para quizá con ello evitar que yo también muriera. Pero cuando me enteré de todo lo que había sucedido, y lo que mi abuela tenía que decir, comprendí la situación más claramente que mi padre. Me negué a resguardar nuevamente la gema, a menos que él aceptara mi unión con Dharma.

""¿No lo ves?", le dije a mi padre. "No fue la gema lo que mantuvo a mi madre viva, sino el vínculo de amor que tenía con Vishnu. Cuando en tu ira me quitaste la gema y le ordenaste a él que se marchara, intentaste romper ese vínculo. Ésa es la razón por la que ella murió. Y yo también lo estaré, aunque lleve esta gema constantemente: será como si estuviera muerta en vida si me impides casarme con Dharma. La única magia de la gema es el amor que le brindamos."

"Mi padre me confesó entonces un temor.

"Me dijo: "Si te casas con él, te irás y no tendré a nadie que cuide de mí en la vejez". En aquella época, los hijos tenían que cuidar de sus padres ancianos. No había nadie más para hacerlo.

"A lo que yo contesté: "Aunque me case con Dharma, prometo quedarme contigo hasta el día de tu muerte".

"Eso hizo feliz a mi padre.

"Pero todavía teníamos el problema de castas. Todo el pueblo se enfadaría si se enteraba de nuestra unión. Sin embargo, nosotros teníamos una ventaja: Dharma era de una región lejana. Nadie en mi pueblo lo conocía a él o a su familia, y mi padre nos aconsejó simplemente mentir: que dijéramos que Dharma era igualmente un brahmán. Eso, por supuesto, era más fácil de decir que de demostrar, porque a un brahmán se le enseñan muchas cosas desde su nacimiento que un shudra jamás aprende: cómo realizar sacrificios *hotri* y cantar el *gayatri mantra*, por ejemplo. Pero mi padre dijo que él se encargaría de enseñar a Dharma todas esas cosas. Pero, por su parte, Dharma era reacio a mentir. Al igual que Vishnu, antes que él, tenía una naturaleza inocente. Yo le dije, sin embargo, que era mejor mentir y estar juntos, que nunca volver a vernos. Finalmente, Dharma dijo que aceptaría convertirse en un brahmán.

"Fue así que la boda se consumó, y fuimos felices, al principio. Mi alegría por estar con Dharma borró cualquier temor que pudiera haber tenido de ser descubierta en el futuro, o al menos lo eclipsó. Mi padre empezó a enseñar a Dharma todo sobre las costumbres y la sabiduría brahmán, y Dharma era rápido para aprender. Todo parecía ir según lo previsto. Pero entonces, mi padre enfermó de manera repentina y murió. Al mismo tiempo, me enteré de que yo estaba embarazada. El momento fue desafortunado, porque tanto Dharma como yo sabíamos que el padre de un niño debía realizar varias *pujas* públicas, o ceremonias, en el nacimiento de un niño, sobre todo si se trataba de un hijo varón. Dharma no estaba preparado para encabezar las *pujas*. No había nadie en quien confiáramos lo suficiente como para pedirle que le enseñara. En privado estudió los sagrados Vedas y trató de aprender todo lo necesario, pero gran parte de la tradición de los Vedas se transmite de forma oral. Él sólo podía obtener una fracción del conocimiento de los libros.

"Llegó el día en que nació nuestro hijo, un niño al que llamamos Bhrigu. Era un pequeño maravilloso, incluso cuando era un bebé, emanaba una gran paz y luz. Todo el pueblo se reunió para presenciar las *pujas* en honor a la llegada de Bhrigu al mundo. Dharma lo preparó todo y comenzó con valentía. Pero no pasó mucho tiempo antes de que un murmullo recorriera la multitud. Dharma realizaba mal las *pujas*, gritaron los ancianos. Su pronunciación de los cantos, e incluso sus movimientos en los rituales, eran incorrectos. Decían que era imposible que fuera un brahmán y que, por lo tanto, nuestra unión debía ser pecaminosa.

"Nos encontrábamos en un gran aprieto. Yo estaba sentada en medio del ritual, con el pequeño Bhrigu en mi regazo; Dharma me miraba fijamente, como si siempre hubiera sabido que nunca debió aceptar esta mentira. Los aldeanos no llegarían al punto de apedrearnos hasta la muerte, no se entregarían a semejante barbarie. Pero nos expulsarían del pueblo, sin comida ni nada, y el resultado final habría sido tal vez el mismo que una lapidación. Ciertamente habría sido difícil para Bhrigu y para mí sobrevivir en la naturaleza salvaje. En esos tiempos había muchos tigres en los bosques de los alrededores. Todo parecía perdido.

"Sin embargo, justo entonces un hombre increíble llegó caminando al pueblo. Nunca lo había visto antes, pero intuitivamente lo reconocí como el *siddha* que mi madre había visto la noche antes de casarse. Tenía un aura de completa autoridad y gracia. Entró directamente en el centro de la *puja*, se puso detrás de mí y colocó una mano sobre mi cabeza y la otra sobre el niño. Luego, se dirigió a la gente.

""Es cierto que Dharma no es un brahmán de nacimiento, y que este matrimonio y, por lo tanto, este niño, no están sancionados por los himnos de los Vedas. Pero los Vedas son mucho más que himnos, mucho más grandes que cualquier palabra. Son las expresiones de lo divino, del amor, y cuando Padma y Dharma se encontraron su amor era tan fuerte que estuvieron dispuestos a arriesgarlo todo, incluso sus vidas, para estar juntos. Tal era el poder de su amor. Tal era el poder de la gracia divina en sus vidas. Y sólo por esa gracia fue posible que naciera de ellos este niño, este niño que ustedes quieren alejar."

"El *siddha* hizo una pausa y levantó a Bhrigu y lo sostuvo para que todos lo vieran.

""Este niño crecerá para ser un gran vidente", continuó. "Su misión especial será devolver a la gente la verdadera comprensión de los Vedas. Enseñará el amor divino y despertará el conocimiento de Dios en los corazones de los hombres y las mujeres por todos los rincones. Él enseñará a todas las personas, independientemente de su casta. De hecho, él remodelará mucho de lo que ustedes entienden como casta." El *siddha* sonrió al pequeño Bhrigu: "A este pequeño niño un día lo llamarán Maestro."

"Entonces, el *siddha* me devolvió a Bhrigu, y miró fijamente a los ojos de Dharma y a los míos. Luego se alejó caminando y desapareció. Decir que los aldeanos estaban conmocionados no haría justicia a la escena que se desplegaba ante mis ojos. El *siddha* había hablado con tanta autoridad y era tan evidentemente un hombre iluminado que no nos molestaron más. Nos dejaron en paz, aunque la gente no se mostró en lo sucesivo amistosa. Eso a mí no me importaba. Tenía a mi marido y a mi hijo, y estaba contenta, y era cada vez más feliz con cada año que pasaba. Porque todo lo que el *siddha* había predicho resultó ser cierto. Mi niño creció hasta convertirse en un gran santo, y yo me convertí en su primera discípula. Nos enseñó a mí y al mundo muchas cosas, y entre ellas la no poco importante: que todas las personas son iguales. Fue este Maestro, mi hijo, quien dirigió un gran renacimiento espiritual que inundó la India en aquellos tiempos antiguos. Incluso hasta el día de hoy, el nombre de Bhrigu puede encontrarse en los Vedas.

Ilonka dejó de hablar y tomó asiento.

Todos la miraban fijamente. Spence fue el primero en hablar.

—¿Cómo sabes todo eso de los Vedas? —preguntó.

—Lo recuerdo —respondió Ilonka simplemente.

—¿Has estudiado alguna vez la antigua cultura de la India? —preguntó Kevin.

Ilonka se encogió de hombros.

—He leído algunos libros al respecto, pero hay cosas en mi historia que no están en los libros.

—Entonces, ¿cómo sabes que son exactas? —preguntó Spence.

—Asumo que lo son —dijo Ilonka.

—¿Leíste estos libros antes de recordar esta vida o después? —preguntó Spence.

Ilonka rio.

—Sé lo que preguntas en realidad. ¿Que si recuerdo cosas de una vida pasada que puedo verificar de forma independiente? La respuesta es que no estoy segura. Leí libros sobre la India cuando era pequeña. Más recientemente leí más, después de tener estas experiencias de vidas pasadas. Lo que aprendí en los libros y lo que recuerdo se confunde en mi mente, pero sé que tengo una comprensión de la antigua India que los autores de los libros no —hizo una pausa—. ¿Eso tiene sentido?

—Me gustaría precisar algunos detalles —dijo Spence—. Por ejemplo, este hijo tuyo, Bhrigu, ¿dices que su nombre está en los Vedas?

—Así es. Puedo mostrártelo.

—¿Viste el nombre antes de que esta vida pasada volviera a ti? —preguntó Spence.

137

—No lo creo. Simplemente él vino a mí... su nombre, todo sobre él.

—No lo crees, pero ¿no estás segura? —preguntó Spence.

Ilonka bostezó. Se alegró de haber terminado con su historia, se sentía agotada.

—No podría jurarlo. Quizá vi el nombre en algún libro y lo olvidé. Ya te lo dije, no estoy segura de que sean vidas pasadas. Sólo siento que lo son. Pero bien podrían ser simplemente producto de mi imaginación.

—¿Por qué tanto análisis? —preguntó Sandra. Todavía sonaba como si arrastrara las palabras. Simplemente disfrutemos, y ahora escuchemos la siguiente historia.

—Me gustó mucho tu historia, Ilonka —dijo Anya en voz baja, con la cabeza apoyada en el pecho—. Me conmovió.

—Fue hermosa —coincidió Kevin—. ¿Estás segura de que tú eras Padma, y no otra persona en la historia?

Ilonka sonrió. Él le había hecho una pregunta similar la noche anterior.

—¿Quién más podría haber sido si no fuera la heroína? —respondió.

Kevin sonrió ante su respuesta. Tomó un sorbo de agua —él había bebido poco de su vino—, y se aclaró la garganta. Ilonka estaba ansiosa por que continuara con "El espejo mágico", la historia de Herme y Teresa.

—Cuando Herme dejó el Louvre con Teresa —comenzó Kevin—, se dio cuenta de que no tenía otro lugar donde quedarse más que con ella. Aunque Teresa estaba enamorada de él, no se había dado cuenta de que cuando lo invitó a venir con ella estaba eligiendo a un compañero de cuarto. Teresa tampoco tenía casa: se alojaba en un albergue juvenil. En esos lugares se puede pernoctar por poco dinero, pero debes irte a las nueve de la mañana sin falta, y no puedes volver hasta que se ponga el sol. Suelen estar abarrotados y son incómodos, y en el que se hospedaba Teresa era particularmente pequeño. Además de todo eso, Herme, por supuesto, no tenía ni un *centavo*. No tenía más ropa que la que llevaba puesta. Teresa estaba desconcertada por su falta de posesiones, pero estaba tan enamorada de él que decidió ayudarle con todo lo que le era posible. Ella estaba feliz de estar con él porque la alegría de Herme era maravillosa. Teresa sabía que no pasaría mucho tiempo antes de que Herme se forjara un nombre como artista famoso. Aunque ella no estaba con él porque sabía que tendría éxito, lo cierto era que había pensado en esa posibilidad, lo que era natural al ser ella una joven pobre necesitada de estabilidad.

"En el albergue juvenil, Teresa tenía que pagar por los dos. Por la mañana tuvo que comprar el desayuno. Herme realmente quería desayunar porque, aunque había comido con ella en el Louvre, lo había hecho por cortesía, no por necesidad. Ahora se moría de hambre. Comió con mucho gusto porque todo le sabía sabroso.

"Teresa decidió que su prioridad era conseguirle un trabajo a Herme. Lo llevó a un estudio de retratos adonde la gente acudía para encargar cuadros de ellos mismos y de sus familias. Pero Herme no tenía muestras de su trabajo para que el dueño del lugar pudiera verlas. No podía señalar un Da Vinci como una de sus obras. El hombre le dijo a Herme que volviera cuando tuviera algo que mostrarle, lo que le pareció bien a Herme. Sin embargo, Teresa se sintió decepcionada. La escasa cantidad de dinero de la que disponía se reducía muy rápidamente.

"Pero París es una ciudad maravillosa para los artistas, y caminando por las calles Herme notó que muchos pintores hacían retratos justo en las aceras. Le dijo a Teresa que le gustaría hacer eso para ganarse la vida. A Herme le gustaba estar al aire libre: el aire fresco, la caída de la lluvia, el canto de los pájaros en los árboles… todo era una delicia para él. El único problema era que comprar utensilios para Herme agotaría los ahorros de Teresa. Pero su fe en él era tal que le consiguió lo que necesitaba: un caballete, una silla, algunos pinceles, óleos y lienzos. Herme instaló su caballete en una esquina concurrida, no lejos del Louvre. Aunque se alegraba de estar fuera del museo, le gustaba verlo. Le tranquilizaba de una manera que no entendía del todo.

"Herme atrajo clientela rápidamente, su habilidad era soberbia y su personalidad encantadora. Se corrió la voz sobre aquel genio de la pintura y pronto tuvo mucho trabajo, aunque no era como si él deseara amasar una gran fortuna. Si París es un paraíso para los artistas, también es uno de los lugares más competitivos del mundo para ellos. Herme podía hacer maravillosos retratos, pero eso requería tiempo. Ahora se veía obligado a hacerlos con prisa; no era la forma en que estaba acostumbrado a trabajar. En el pasado, siempre había moldeado los cuadros lentamente.

Como resultado de su trabajo rápido la calidad de su obra se resintió, aunque seguía estando muy por encima de la mayoría de sus competidores. Tras un par de meses trabajando en la calle, Teresa había ahorrado suficiente dinero para abrirle su propio estudio. Era Teresa quien se ocupaba de todos los detalles administrativos del negocio, pues Herme no tenía cabeza para el dinero. Pero era feliz con su vida. Todavía estaba muy enamorado de Teresa. Besarla, tocarla, hacer el amor con ella, estas cosas eran tan nuevas y excitantes para él que no lamentaba ni por un instante su decisión de convertirse en mortal.

"Ya en su estudio fue capaz de establecer una rutina, aunque ésta tampoco ayudó en su trabajo. Echaba de menos estar al aire libre, y pronto se cansó de hacer simples retratos. Era un antiguo ángel que había ayudado a inspirar las más grandes pinturas conocidas por la humanidad. Quería diversificarse y pintar otras cosas, pero Teresa le dijo que eso no era posible. Tenía clientes que habían reservado con meses de antelación, y ella ya había aceptado los depósitos, así que él tenía que pintarlos, fin de la discusión. Herme aceptó su consejo porque entendía que ella sabía mucho más sobre el mundo que él. Además, no le gustaba estar en desacuerdo con ella porque podía ser testaruda y discutía hasta que se salía con la suya.

"Durante este tiempo, los dos empezaron a ganar mucho dinero, aunque todavía estaban lejos de ser ricos. Teresa les encontró un bonito departamento en una buena zona de la ciudad y lo amuebló con antigüedades. Herme seguía trabajando cada día, a menudo también los fines de semana, y hacía un retrato tras otro. Entonces, por primera vez, empezó a recibir quejas sobre su trabajo. La gente ya no estaba impresionada con lo que hacía. Los motivos eran diversos. Había empezado a cobrar más dinero, o Teresa lo había hecho, y naturalmente también habían aumentado las exigencias de su clientela. Esta gente estaba pagando más y esperaba recibir más a cambio. Además, como ya mencioné, estaba aceptando demasiados clientes y tenía que apresurarse. Por último, y probablemente ésta fuera la razón principal, estaba empezando a sentirse estancado y sin inspiración. Eran las cualidades invisibles de sus modelos que Herme siempre había sacado a relucir las que hacían que sus retratos fueran tan especiales. Ahora estaba pintando sólo lo que veía en la superficie.

"Teresa escuchaba las quejas y a su vez se quejaba con Herme, a quien exigía un compromiso mayor. Pero cuando él le dijo que necesitaba un cambio de aires, ella estuvo dispuesta a aceptar. Teresa no había renunciado a su sueño de ir a Estados Unidos, y le propuso a Herme que se mudaran a Nueva York. A él le encantó la idea. Aunque eso significaba que dejaría el Louvre, posiblemente para siempre. Seguía yendo al museo cuando no se sentía bien, y deambulaba por sus largos pasillos contemplando las glorias del pasado. Seguía amando a Teresa tanto como siempre, y podía ver que ella aún lo amaba, pero ya no era tan feliz como aquel día en que había dejado el museo. Se preguntaba si era porque su amor había perdido gran parte de su espontaneidad, su entusiasmo. No estaba seguro porque ya no podía ver en el corazón de Teresa —ni en el de nadie más—, de la manera en que lo había hecho en el pasado.

"Vendieron su estudio y su departamento y se mudaron a Nueva York, y durante un tiempo las cosas fueron mejor entre ellos. Herme no trabajaba al principio y pudieron pasar más tiempo juntos. Su romance experimentó un breve resurgimiento, hasta que todo dio un vuelco. Para entonces Teresa ya no estaba acostumbrada a tener a Herme cerca todo el tiempo, y él había tomado la mala costumbre de aferrarse a ella, algo que la joven no soportaba. Por supuesto, Herme sólo empezó a aferrarse a ella cuando sintió que ella se estaba alejando. No tenía experiencia previa en relaciones humanas. Pensó que la mejor manera de combatir su amor menguante era derramar más amor a su manera. Pero esto lo llevó a actuar de forma tensa con ella, y el mayor encanto de Herme siempre había sido su espontaneidad natural, su soltura en cualquier situación. Ahora, ese encanto le estaba fallando y ya no sabía cómo actuar.

"Teresa quería que Herme comenzara a trabajar otra vez, pero él se mostraba reacio a reanudar el retratismo. Quería salir al exterior para captar los muchos tapices naturales que ofrecía la Tierra. También quería probar con obras más abstractas. Lo que esto hizo fue ponerlo en competencia con miles de otros artistas que se esfuerzan por sobresalir en Estados Unidos. Él estaba renunciando a su área de experiencia en favor de sus ideales. No hace falta decir que su decisión no emocionó a Teresa. Ella argumentó que sus ahorros se agotaban y que ella no regresaría a los tiempos en que vivían al día. De hecho, dijo que él se lo debía, que ella le había dado todo para que comenzara cuando no tenía nada. Herme fue incapaz de responder a sus acusaciones, salvo retirándose más y más. Empezó a dar largos paseos por la ciudad de Nueva York a altas horas de la noche. Muchas veces no volvía a casa hasta que salía el sol.

"Pero una noche volvió temprano y descubrió que Teresa no estaba sola. A pesar de todo lo que le había sucedido desde que había dejado el Louvre, seguía siendo increíblemente ingenuo. Nunca imaginó que *su* Teresa pudiera querer a otro hombre. Él volvió a casa para encontrar a la única mujer que había amado en la cama con otro.

—Qué horrible —susurró Anya, y fue casi como si lo hubiera dicho involuntariamente.

Ilonka la miró, pero Anya no le devolvió la mirada; tan sólo bajó la cabeza como si se sumergiera en lo más profundo de sus pensamientos.

Kevin asintió.

—Fue una pesadilla para Herme. Vio al hombre, aunque se concentró en Teresa. Pero ¿qué podía decirle ella? Sólo maldijo y apartó la cabeza. Herme no sabía qué hacer. Salió de su departamento. Siempre, incluso cuando se había convertido en mortal, había sentido una luz interior que guiaba sus movimientos. Pero ahora esa luz se había apagado y la oscuridad le resultaba insoportable. Se adentró en áreas de Nueva York en las que nunca había estado, partes en las que era tan fácil terminar con un cuchillo en la espalda como conseguir un puñado de drogas. Esperaba que alguien lo atacara, le disparara, lo apuñalara, lo sacara de su miseria. Pero nadie se acercaba a él porque estaba desesperado. Era como si ya no fuera humano, sino un simple espectro enviado desde el inframundo para perseguir a la humanidad. Se sentía así, una mancha en el planeta. Caminó hasta llegar al puente de Brooklyn y se dirigió hasta el centro, por encima del agua helada invernal. Subió al barandal y miró hacia abajo. No vio nada debajo de él, excepto la negrura, y no sintió nada por encima de él. Pero no invocó a Dios, ni rezó por su liberación. Estaba más allá del punto de pedir atención, según creía. Planeaba suicidarse.

"Sin embargo, justo antes de saltar recordó el día que había dejado el Louvre por primera vez: su alegría, su emoción y, lo más importante de todo, su amor. Y se preguntó adónde había ido todo aquello, y si Teresa tenía tanto que ver con lo que había perdido como él creía. Porque en ese momento comprendió que era su amor lo que había hecho que Teresa fuera maravillosa a sus ojos. Él comprendió que algo en su interior —y no sólo las circunstancias externas— había cambiado. Pero ¿cuál había sido ese cambio? Parecía evidente. Había sido un ángel y se había convertido en mortal. Había sido divino y se había convertido en humano. Pero se preguntó, mientras estaba sobre el barandal del puente a escasos metros del agua helada, si no era posible que un humano se convirtiera en divino, si no se trataba de un proceso en ambas direcciones. Era un pensamiento curioso, que nunca había tenido antes. Pero lo tocó en una parte profunda de su alma. Sí, sintió que tenía un alma de nuevo. Se bajó del barandal y volvió a la parte principal del puente. Miró el cielo y observó el brillo estelar sobreponerse a la contaminación citadina, y se sintió bendecido.

"Herme dejó el puente. Fue a redescubrir lo que había perdido. Se propuso encontrarse a sí mismo.

La voz de Kevin había comenzado a fallar y por un momento el joven apoyó la cabeza en los brazos encima de la mesa. Ilonka lo observó con ansiedad hasta que volvió a sentarse, erguido, y sonrió a todos.

Kevin tomó su vaso y bebió un sorbo de agua.

—Eso es todo por esta noche —sentenció.

—¿Podrías terminarlo? —preguntó Anya, con sorprendente sentimiento en su voz—. ¿Por favor?

Él negó con la cabeza y tosió.

—No creo que pueda, aun si quisiera. Estoy cansado.

Ilonka volvió a bostezar, tan fuerte que se avergonzó de sí misma.

—Yo también estoy agotada. Siento que podría dormir ahora mismo en esta silla —dio un golpecito en el brazo de Kevin en señal de aprobación—. Me alegro de que hayas sido el último. ¿Quién podría competir con esto? Fue fabuloso.

—¿Tendrá un final feliz? —preguntó Anya, sin darse por vencida.

—Si te digo el final, no tendrás nada que esperar —dijo Kevin.

Anya lo miró con extrañeza, casi como si le confirmara: *Yo no tengo nada que esperar.*

—Herme parece el tipo de persona que podría haberse beneficiado mucho de mis consejos —dijo Spence.

—Me encanta Herme —añadió Sandra jugando con su

copa de vino—. Me recuerda a Dan. Ambos amaban la naturaleza.

—Oh, hermano —dijo Spence.

Ilonka no había exagerado al hablar de su agotamiento. La pesada mano de la fatiga yacía sobre su cabeza, con sus dedos sondeando profundamente en sus centros neurálgicos. El cansancio la sorprendía, sobre todo, porque había tomado una siesta esa tarde. Decidió que el viaje al hospital, y su enfrentamiento con Kathy le habían quitado más de lo que pensaba. Seguía preocupada porque Kevin debía saber ya lo que le había dicho a Kathy. Sin embargo, cada vez que él la miró durante la noche, sólo vio cariño en sus ojos. Ahora seguía mirándola fijamente.

—¿Me acompañarás a mi habitación esta noche? —preguntó él.

Ella sonrió.

—Te toca a ti, amigo —las palabras apenas habían salido de su boca cuando ya se sentía arrepentida. Kevin no tenía fuerzas para acompañarla hasta el segundo piso. Ella se apresuró a tocarle el brazo de nuevo—. De acuerdo. Quiero acompañarte a tu habitación.

—No se queden fuera hasta muy tarde —les advirtió Spence.

Ilonka se levantó:

—Sí, papá.

—Me gustaría hablar de algo contigo antes de que te vayas —le dijo Spence a Anya.

—Llévame a mi habitación —le replicó ella—. Buenas noches, Sandra. Me alegro de que hayas tenido sexo al

147

menos una vez en tu vida. Buenas noches, Kevin. Espero que tu Herme recupere sus alas antes de que todo el fango del mundo lo hunda un poco más —Anya de repente miró alrededor del estudio—. Ha sido genial encontrarnos aquí —dijo visiblemente conmovida.

—Tendremos una gran reunión mañana por la noche —le dijo Spence a Anya.

Ella parpadeó, con la mirada perdida.

—Claro. Mañana.

Kevin tenía dificultades para caminar, un inesperado efecto secundario de su leucemia. Dijo que se había despertado esa mañana con un entumecimiento en la pierna izquierda. Tuvo que apoyarse en Ilonka todo el camino de regreso. La invitó a entrar para que tomaran un té, lo que significó mucho para ella. Pero ella estaba demasiado cansada para aceptar la invitación.

—Tal vez mañana por la noche —le dijo poniendo su mano sobre la boca para reprimir otro bostezo. Se recargó en la pared para tener algún apoyo, igual que Kevin. Qué buena pareja hacían, pensó—. Después de averiguar qué fue de Herme.

—¿Sabes? Pensaba en ti cuando estaba trabajando en la historia —dijo él.

Ella se rio.

—Espero que no me hayas tomado como modelo para Teresa.

—¿Eso te ofendería?

—Sí. Ella engañó a su ángel de la guarda. Yo nunca haría eso.

—¿Crees en los ángeles, Ilonka?

Le encantaba que dijera su nombre. Él podría pasar la noche susurrándolo en su oído, y ella se sentiría feliz. Pensó en el último comentario de Anya a Sandra, sobre que ella había tenido sexo al menos una vez. Ilonka nunca se había acostado con un chico. Nunca había querido hacerlo hasta que conoció a Kevin. Era encantador estar hablando con él justo antes de ir a la cama, pero de repente se sintió llena de una profunda tristeza ante la idea de que pudiera morir sin haber sido acariciada así. No tenía ni idea de cómo sería realmente hacer el amor. Y eso era lo único que había querido de su vida: importarle a alguien más que cualquier otra cosa.

¿Dónde estaba su Maestro ahora? ¿Qué diría él sobre aquel dolor? ¿Cómo es que no estaba con ella ahora, en ésta, la más difícil de todas sus vidas?

—Creo en los ángeles —susurró. *Creo en ti.*

—¿Ilonka?

Ella cerró los ojos y se llevó la mano a la cabeza.

—Tengo que irme a la cama.

Él la abrazó con suavidad.

—Vete a la cama.

Él diría que tu amor no es nada si está basado en una mentira.

—Hoy vi a Kathy —le dijo al oído.

Él la soltó y la miró fijamente. El pasillo estaba oscuro, así que ella no podía leer su expresión. Pero pudo escuchar la comprensión en su voz.

—Lo sé —dijo.

—Yo...

—No importa —Kevin le puso un dedo sobre los labios—. No pienses en eso.

Sus ojos estaban húmedos.

—Fui cruel.

—Esta situación es cruel —se inclinó y la besó en la frente—. Duerme. Sueña con tu Maestro. Él me fascina.

Ilonka se sentía complacida.

—¿De verdad?

Kevin abrió la puerta y entró cojeando.

—En serio, Ilonka. ¿Pero no nos diría qué es la realidad? Buenas noches.

—Buenas noches, mi amor —susurró ella después de que él había cerrado su puerta. Nunca le había dicho a Kevin que su Maestro la desafiaba constantemente a discriminar entre lo que era real y lo que era una ilusión.

Encontró a Spence en su habitación, sentado en la cama frente a Anya, quien seguía en su silla de ruedas. Ilonka tuvo la sensación de que entraba en un mal momento y se habría disculpado y salido de no haber sido porque sentía que estaba a punto de desmayarse. Se dejó caer sobre la cama a espaldas de Spence.

—Ignórenme, sólo soy una masa de protoplasma —murmuró ella, ya con los ojos cerrados. Sintió que Spence se levantaba.

—Debería irme —dijo él, inquieto.

—Puedes irte —concedió Anya, con un tono curiosamente autoritario.

Ilonka oyó la puerta abrir y cerrarse.

—¿Ilonka? —comenzó Anya.

—¿Sí? —respondió ella en un susurro.

—Nunca le había hablado a nadie de Bill.

—Ya sé.

—Te lo dije porque confío en ti.

—Sí.

Luego vino una larga pausa. Ilonka no estaba segura de que no se hubiera quedado dormida en medio del silencio. Cuando Anya volvió a hablar, su voz sonaba como si llegara desde mil kilómetros de distancia.

—Sé que Kevin está en cada una de tus historias de vidas pasadas. Creo que él también lo sabe. Pero el pasado es el pasado, ¿sabes? Está muerto. Espero que ustedes dos puedan vivir un poco antes de que todos estemos muertos —Anya hizo una pausa e Ilonka escuchó un débil movimiento. Sintió el tacto de algo cálido y húmedo en su mejilla y se preguntó si Anya la había besado—. Sueña, querida mía —terminó Anya con voz suave.

—Todo esto es un sueño —susurró Ilonka. Y entonces, se fue.

Ella se sentó con el Maestro en un frondoso bosque. El sol colgaba a baja altura en las hojas de los árboles, quizás estaba a punto de ponerse, quizás apenas empezaba a salir. El tiempo parecía congelado en un momento eterno. La luz anaranjada que rodeaba el cabello del Maestro era hermosa, al igual que sus ojos oscuros, esos ojos que lo veían todo y nunca juzgaban. Él jugaba con las cuentas alrededor de su cuello mientras ella llegaba a la conclusión de su larga y triste historia.

—¿Cómo te sientes en este momento? —preguntó él de repente.

Ella se encogió de hombros, confundida:

—Acabo de decírtelo. Mi vida está en ruinas.

—Sí, tu vida está en ruinas. Pero ¿cómo te sientes en este momento?

—Me siento de maravilla sentada aquí contigo. Pero...

—No hay ningún pero —interrumpió—. Lo que hay es este momento. Tu mente se queda en el pasado. Sientes arrepentimiento por lo que has hecho, ira por lo que sientes que te han hecho. O bien tu mente está ansiosa por el futuro. Pero el pasado está en el pasado y el futuro aún no existe. Todo lo que tienes es el ahora, y ahora mismo te sientes bien —sonrió tan dulcemente, el destello de su amor—. Entonces, ¿cuál es tu problema? No tienes ningún problema.

—Pero...

—No hay pero que valga —chasqueó los dedos cerca de su cabeza—. Mantente en el momento presente. Mantente aquí conmigo totalmente. Yo estoy aquí contigo por entero. Eso es la iluminación, nada más.

—Pero no puedo estar contigo siempre —se lamentó ella—. Tengo que volver a mi vida y mi vida es dura. No tengo a nadie que me ame, nadie que me cuide. Estoy sola en el mundo.

—No estás sola. Yo estoy contigo siempre.

—Lo sé, pero no siempre lo siento —comenzó a llorar—. Mi dolor es real para mí. Las palabras no pueden borrarlo.

—Ciertamente, las palabras no pueden curar. Sólo el silencio puede hacerlo. Entonces, ¿qué puedo decirte para que te sientas mejor? ¿Quieres que obre un milagro en ti?

Ella asintió.

—Necesito un milagro.

El Maestro reflexionó.

—Muy bien, te lo daré. Cuando vuelvas a casa todo será perfecto para ti. Tu vida será como debe ser.

Lo miró escéptica, pues sabía cuánto le gustaba bromear.

—¿Es una promesa? —preguntó ella.

—Te doy mi palabra. Y si crees en mí, si tienes fe, verás que todo es ya perfecto. Dios te da lo que necesitas en la vida para aprender. Él sigue dándote lecciones difíciles porque eres una estudiante lenta. No estoy diciendo que no puedas cometer errores. Los errores son parte del aprendizaje. Pero no si sigues cometiendo los mismos todo el tiempo.

Ella sacudió la cabeza con tristeza.

—Quiero que él vuelva.

—Se ha ido. Está muerto.

Ella tomó la mano del Maestro.

—Pero tú puedes hacer cualquier cosa. He visto tu poder. Por favor, devuélvemelo.

El Maestro la miró con gravedad.

—Ten cuidado con lo que deseas. Podrías obtenerlo.

CAPÍTULO 5

Por la mañana, Ilonka abrió los ojos y se quedó mirando el techo durante mucho tiempo. Durante ese tiempo apenas tuvo un pensamiento, excepto que su cabeza se sentía extrañamente llena. Se preguntó por un instante si sería a causa del trago de vino que había bebido la noche anterior. Finalmente, se dio la vuelta para ver cómo estaba Anya. Anya siempre se despertaba antes que ella, e Ilonka solía encontrarla leyendo por la mañana.

Su compañera seguía profundamente dormida, boca arriba.

Ilonka miró el reloj. Vaya, las diez de la mañana. Si alguna vez hubo dos dormilonas, ésas eran ellas. Ilonka siguió mirando fijamente a Anya. En verdad estaba durmiendo profundamente, se mantenía tan inmóvil. Ilonka se sintió nerviosa al ver lo inerte que estaba.

—¿Anya? —la llamó—. ¿Anya?

No hubo respuesta. Ilonka se sentó lentamente, sus ojos nunca dejaron la cara de su amiga.

—¿Anya? Son las diez de la mañana. Despierta.

Inmóvil como un maniquí. Anya apenas respiraba.

—¿Anya? —Ilonka se acercó a su cama y sacudió a la chica—. Anya.

No, no *apenas*. No, para nada. Anya había dejado de respirar.

—¡Anya! —gritó Ilonka.

Frenética, palpó el cuello de la chica en busca de pulso. Nada.

—¡Anya! —Ilonka la sacudió con fuerza y el cuerpo de la pobre chica se balanceó de un lado a otro como una bolsa de ropa vieja. La ventana de su habitación estaba rota, unos pocos centímetros; el rugido del oleaje podía oírse a lo lejos. La habitación estaba fría; la piel de Anya también lo estaba, tan fría como el suelo desnudo. Su amiga llevaba muerta varias horas. No había posibilidad de resucitarla, y no era que el personal del Centro lo intentaría de cualquier forma. Ellos se encontraban en un lugar de descanso, a la espera de morir. La única manera de salir oficialmente de allí era partir para siempre.

Las lágrimas anegaron los ojos de Ilonka.

—Anya, no —susurró abrazándola, sosteniéndola, besándola.

Era inevitable, ella lo sabía, todos irían por ese camino tarde o temprano. Sin embargo, Ilonka estaba aturdida por la conmoción. Era como si no hubiera sabido nada de la muerte hasta ese momento. Ya echaba de menos a Anya.

Después de un rato dejó a su amiga y bajó las escaleras tambaleándose hasta el consultorio del doctor White. El caballero estaba saliendo de su habitación cuando vio a

Ilonka. De inmediato corrió a su lado. Ella se dio cuenta de que no llevaba bata.

—Ilonka… —dijo— ¿qué pasa?

—Anya murió durante la noche.

El doctor White la abrazó.

—Lo siento. ¿Sigue en su cama?

—Sí.

—Déjame ir a verla.

Ilonka lo dejó ir.

—Iré con usted —le dijo.

—¿Estás segura?

—Sí. Debería… ayudar a cuidarla.

Ilonka había dejado a Anya con los brazos cruzados sobre su pecho. El doctor White llevó su mano a una muñeca y comprobó si tenía pulso. Al no encontrarlo abrió uno de sus ojos y lo miró. Ilonka apartó brevemente la cabeza. Por último, el gentil hombre puso la palma de su mano en la frente de la chica, sin duda para percibir la temperatura de su cuerpo.

Su *cadáver*.

Eso es lo que era ahora. No una persona. No una joven con esperanzas y sueños, sino un cadáver. Anya había abandonado todos sus sueños. Ella había aceptado su destino más que cualquiera de los recluidos, pero esa aceptación no era algo que Ilonka quisiera emular. Todavía no, al menos, no hoy.

—Ella está muerta, ¿cierto? —preguntó Ilonka. Era una pregunta estúpida, pero necesitaba estar absolutamente segura.

—Así es —confirmó el doctor White al tiempo que palpaba el tono muscular de los brazos y piernas de Anya—. Yo diría que lleva muerta siete u ocho horas.

Siete u ocho horas habrían situado su muerte no mucho después de que se habían ido a la cama. En cuanto las luces se apagaron... Eso hizo que Ilonka se asombrara.

"¿Podrías terminarlo? ¿Por favor?"

¿Cuándo había suplicado Anya por algo en su vida?

"Ha sido genial encontrarnos aquí."

Dicho como si se estuviera despidiendo del estudio.

"Nunca le había hablado a nadie de Bill."

Dicho como una confesión.

Luego, el beso.

"Sueña, querida mía."

—¿De qué murió? —preguntó Ilonka.

El doctor White la miró como si dijera: "Sí, estás molesta y puedes hacer una pregunta estúpida, pero ya van dos seguidas".

—Murió de cáncer —dijo.

—Me refiero a... específicamente.

—Estoy siendo específico.

Ilonka negó con la cabeza.

—Anya estaba hablando raro anoche.

—¿Qué sugieres?

—Nada.

—¿Ilonka?

—Estoy sugiriendo que tal vez se suicidó. Ella se la pasaba tomando tantas pastillas. Creo que debería hacerle una autopsia.

El doctor White suspiró.

—No habrá autopsia. Yo no lo recomendaría, y la familia no lo aprobaría.

—Apenas tiene familia, ¿y por qué usted no lo recomendaría?

El doctor White se alejó del cuerpo de Anya y tomó el brazo de Ilonka.

—Salgamos y hablemos de esto afuera.

—Quiero hablar de esto aquí.

—Está bien, Ilonka: ¿Qué importa cómo murió? Ella estaba sufriendo terriblemente. Ahora ya no siente dolor. Eso es lo único que debería importarnos a los que nos preocupamos por ella.

—No es lo único que importa —Ilonka volvió a llorar—. Cómo murió es importante para mí. Era mi amiga. No quiero que… —no pudo terminar.

—¿No quieres qué?

No quiero terminar de la misma manera que ella.

—Nada —dijo al fin Ilonka, pues estaba siendo poco razonable y lo sabía.

Sin embargo había algo importante aquí que ella estaba pasando por alto, algo que iba más allá de la posibilidad de que Anya hubiera podido terminar con su vida de manera intencional con una sobredosis de medicamentos. Estaba ahí, en la punta de sus dedos, pero no lograba alcanzarlo.

—Es poco probable que se haya suicidado con una sobredosis —dijo el doctor White, observándola.

—¿Cómo lo sabe?

—Una sobredosis suele tardar en matar a alguien. Si ella murió entre las dos y las tres de la mañana, tendría que haber tomado el medicamento antes de la reunión de su club. Estoy asumiendo que estuvo en la reunión...

—Así fue.

—Entonces, el suicidio es poco probable aquí. Si hubiera ingerido el medicamento suficiente para matarla por la madrugada, ella habría estado inconsciente durante la reunión.

Lo que decía sonaba lógico. Sin embargo, Ilonka seguía sumergida en la duda.

—¿Hay otra posibilidad que estemos pasando por alto? —preguntó.

—¿Por ejemplo?

—No lo sé, se lo pregunto a usted.

El doctor White parecía descontento.

—¿Estás preguntando esto porque no quieres lidiar con el verdadero problema aquí, Ilonka? Tu compañera de cuarto ha muerto... había estado muy cerca de la muerte desde hacía tiempo. Es un gran impacto para ti, sobre todo considerando tu propia enfermedad.

—¿Ya recibió alguna noticia sobre mis pruebas? —preguntó Ilonka de repente.

—No.

Ilonka se estiró para tomar la mano de Anya, no porque quisiera, sino porque sentía que debía hacerlo.

—Quería a Anya —dijo—. Pero nunca se lo dije.

—Estoy seguro de que ella lo sabía —comentó gentilmente el doctor White.

Ilonka negó con la cabeza, a su pensamiento había acudido la historia de Bill de la tarde anterior. Ahora no tendría sentido que se pusiera en contacto con él.

—No. Estoy segura de que Anya Zimmerman era una de esas personas que *no* sabía que era querida.

—Tengo que contactar con la familia que le queda. Sacaré el cuerpo de aquí lo más rápido posible.

—¿Dónde lo pondrá? —preguntó.

—En el sótano, por el momento —hizo una pausa—. ¿Te gustaría reunir sus objetos personales?

Ilonka comprendió el origen de la pregunta. El espacio era un bien valioso. El cuerpo y sus pertenencias tenían que ser removidos para que otro desgraciado pudiera ser trasladado rápidamente. Pensó que sería extraño para la siguiente chica estar durmiendo en una cama donde alguien acababa de morir. Ya era bastante duro para Ilonka pensar que había dormido la mayor parte de la noche junto a un cadáver. Por supuesto, en aquel lugar, alguien había muerto en cada una de sus camas antes de que ellos llegaran. Era un pensamiento triste.

—Puedo recoger sus cosas —dijo Ilonka.

El doctor White se marchó para ocuparse de sus asuntos. Sólo unos minutos después, un par de enfermeras llegaron para trasladar el cuerpo. Ilonka todavía estaba sosteniendo la mano de Anya. Era hora de despedirse, algo nada fácil de hacer. Las enfermeras la cubrieron con una sábana verde, la subieron en una camilla y la sacaron de la habitación. Ilonka se quedó sola con su dolor. No sabía si los otros en el Club sabían lo que había pasado. Sin embargo, debía ser ella quien se los dijera. Pronto. Pero no en ese momento, pensó.

Ilonka fue al baño a recoger la crema dental de Anya, y su cepillo para el cabello y cosas así. Sólo que no estaban allí.

—¿Qué? —susurró Ilonka para sí.

Todos los artículos de aseo de Anya habían desaparecido.

Pero eso no es posible. Ella acaba de morir. ¿Quién se los habría llevado? ¿Quién podría habérselos llevado conmigo aquí?

La respuesta, a ambas preguntas, era nadie.

¿Podría ser la señal? ¿Podría Anya estar diciéndole que había una vida después de la muerte?

De ninguna manera, es sólo una cuestión de tiempo. Una de las enfermeras habría escuchado que Anya estaba muerta mientras ella hablaba con el doctor White y de inmediato había subido a limpiar los armarios. No, tal vez no. Sólo yo sabía que estaba muerta y sólo hablé con el doctor White durante diez segundos antes de que regresáramos a la habitación. De acuerdo, es un truco. Anya sabía que iba a suicidarse así que recogió todo en medio de la noche y lo guardó en otro lugar para engañarme. ¡Eso es! Ella escuchó mi historia sobre Delius y Mage y Shradha. ¿Qué mejor señal para engañarme que ésta?

El único problema con la segunda hipótesis era que Anya había sido una chica gravemente enferma quien ni siquiera podía moverse de aquí para allá sola en su silla de ruedas. Habría sido imposible para ella reunir todas sus cosas y deshacerse de ellas en medio de la noche.

¿Y entonces qué fue lo que sucedió?

Ilonka lo ignoraba.

Era el momento de hablar con los demás.

CAPÍTULO 6

La noticia corrió rápido en el Centro. Los otros ya sabían que Anya estaba muerta para cuando Ilonka se encontró con ellos. Los cuatro miembros restantes del Club —Ilonka, Sandra, Spence y Kevin— estaban reunidos en la habitación de los chicos. Allí intentaron consolarse unos a otros diciendo repetidamente que quizás había sido lo mejor, que Anya había sufrido más dolor del que cualquier mortal debería soportar. Spence era el más afectado por la pérdida. Ilonka nunca lo había visto llorar. Por otra parte, él había sido el más cercano a Anya en muchos aspectos. Ciertamente, él era quien había peleado más con ella.

Todos en el grupo negaron haber tocado los objetos personales de Anya. Las enfermeras, de igual forma, dijeron que no sabían nada de eso. Los cuatro se miraron fijamente y sacudieron la cabeza. Ilonka no creía que ninguno de ellos estuviera mintiendo. Nadie sabía qué pensar. Sin embargo, se decidió que investigarían el asunto más a fondo.

Entonces, antes de que pudieran empezar a discutir si una señal de ultratumba había sido enviada por Anya, otro rumor recorrió el Centro y alcanzó todos los rincones de la enorme mansión. Se originó en el área de enfermería, pero antes de que pudiera ser verificado, la jefa de enfermeras Schratter intervino. Ella dijo que no se harían comentarios hasta que el doctor White regresara. Al parecer, había salido del Centro para intentar contactar con la familia de Anya. El rumor era muy fuerte:

Uno de los pacientes del Centro había sido erróneamente diagnosticado.

Esa persona no iba a morir.

Cuando Ilonka escuchó el rumor, supo que debía tratarse de ella.

Estaba siendo razonable, eso creía. Porque ella era la única en el Centro que había acudido recientemente a hacerse nuevas pruebas. Era la única que podría obtener nueva información sobre su caso. Se rio a carcajadas ante la noticia porque todos habían querido reírse de ella cuando había insistido en que le hicieran otro examen. Era como si se hubiera quitado un gran peso de encima; no podía creer su alegría, incluso en medio de la tragedia de Anya. También sabía que debía tratarse de ella, porque en cuanto las palabras llegaron a sus oídos, su nivel de dolor disminuyó considerablemente. Porque el eterno calambre en su vientre incluso disminuyó y fue capaz de respirar profundamente por primera vez en meses. Se dio cuenta de que gran parte de su malestar había estado en su cabeza. No podía esperar a que el doctor White regresara al Centro.

¡No voy a morir! ¡Voy a vivir! ¡Vivir! ¡Vivir! ¡Vivir!

Ilonka se enteró de la noticia cuando estaba sola en su habitación. Otro paciente —ella ni siquiera sabía su nombre— se lo dijo mientras recorría el pasillo de la segunda planta. Sin embargo, de inmediato, junto con su alivio, se sintió mal por los demás del grupo, y sobre todo por Kevin, su amado Kevin. ¿Cómo podía dejarlo en este lugar para que muriera? No podía; se prometió quedarse hasta que él muriera. El doctor White lo entendería; no la echaría.

Otra búsqueda en su habitación y no había logrado encontrar ninguno de los objetos personales de Anya.

Ilonka siguió mirando por encima del hombro al buscar.

Cerró la ventana. Una corriente de aire frío parecía soplar por la habitación.

Finalmente, hacia las tres de la tarde, Ilonka decidió regresar a la habitación de Kevin. Lo encontró solo, sentado en su cama, hojeando bocetos en un enorme cuaderno. Probablemente estaba haciendo algo más que hojear; tenía un lápiz en la mano derecha. Pero cerró el cuaderno en cuanto ella entró y la chica no pudo ver en qué estaba trabajando Kevin. Al parecer, Spence había salido a enviar una larga carta a su amor, Caroline. Kevin dijo que no paraba de escribirle. Eso ocupaba la mitad de sus días.

—Es bueno que tenga a alguien —dijo Ilonka. Se sentó frente a Kevin, en la cama de Spence.

—Sí —dijo él, pensativo.

Ilonka dudó.

—Quería hablar más contigo sobre lo que pasó con Kathy.

—Debería habérselo contado hace mucho tiempo. Me ahorraste el trauma de tener que hacerlo.

—Tú se lo hubieras dicho con delicadeza. Yo me acerqué a ella como una perra rabiosa.

—A veces hay que ser cruel para hacerle bien a alguien.

—¿Supongo que ya hablaste con ella, entonces? —preguntó.

—Sí.

—¿Volverá a visitarnos pronto?

—No lo creo —dijo él.

—Yo no tenía derecho a hacer algo así.

Kevin levantó la mano.

—Está bien, en serio. No hablemos más de ello —sacudió la cabeza—. No puedo creer que Anya ya no esté allí esta noche. No será lo mismo sin ella.

—¿Deberíamos reunirnos?

—Creo que Anya querría que lo hiciéramos. Tal vez ella nos dé otra señal.

—¿Crees que ya nos ha dado una?

Kevin la miró con curiosidad.

—Dado que la señal está relacionada con una historia que contaste, ¿*tú* qué crees?

—Estoy intrigada.

—¿Nada más?

—Están pasando tantas cosas que no he tenido la oportunidad de sentarme a pensar en ello —hizo una pausa—. ¿Ya escuchaste el rumor que circula por ahí?

—¿Que uno de nosotros no está en etapa terminal? Sí, suena como algo más que un rumor. Tengo entendido que todo el mundo está esperando a saber de quién se trata.

—Kevin.

—¿Qué?

—Soy yo.

El rostro de Kevin se iluminó.

—¿En verdad? ¿El doctor White te lo dijo? No sabía que ya había regresado.

—No ha regresado, pero sé que soy yo. ¿Quién más podría ser?

La cara de Kevin se ensombreció.

—Ilonka, ¿no crees que estás sacando una conclusión peligrosa?

Ella se rio.

—No es una suposición carente de evidencia. Mira, fui a hacerme un examen ayer. Dijeron que tendrían los resultados hoy. Y de pronto una persona en el Centro no está desahuciada.

Kevin asintió.

—Admito que es una posibilidad. Mantendré mis dedos cruzados por ti —entonces volteó para mirar por la ventana. Las cortinas estaban corridas, aunque la ventana estaba cerrada. Como siempre, la temperatura de la habitación era elevada—. Me encantaría volver a ver el mar —dijo.

Ella señaló su pierna izquierda.

—¿Sigue entumecida?

—No tanto como ayer. En algún momento en medio de la noche pareció despertar de nuevo, al menos parcialmente —consideró—. ¿Te gustaría dar un paseo conmigo?

Ilonka sonrió.

—Me encantaría ir a cualquier sitio contigo. Puedes apoyarte en mí —se levantó—. Déjame ir por mi abrigo. Volveré en un minuto. Tú abrígate bien.

Diez minutos más tarde se encontraban caminando por el borde del amplio jardín que conducía al acantilado rocoso. El clima era sombrío: nubes grises, ráfagas cortantes. Las olas rugían furiosas, el rocío salado los alcanzaba aunque se mantuvieran en la zona de hierba. Caminar con Kevin no era sencillo. Su pierna izquierda podría estar mejor, pero se apoyaba continuamente en Ilonka. Finalmente, él señaló una roca y los dos se acomodaron ahí. Ella ató más fuerte la bufanda de Kevin, que estaba temblando.

—No deberíamos quedarnos aquí mucho tiempo —advirtió ella.

Él señaló el agitado oleaje.

—Es increíble, ¿verdad? El poder de la naturaleza —dijo—. ¿Sabes? A veces me apena que mi vida haya sido tan corta; entonces miro el mar y pienso que este mundo tiene más de cuatro mil millones de años. La vida de un hombre o de una mujer que vive hasta los cien años es apenas un parpadeo en esa escala de tiempo. Entonces no me siento tan mal. Me siento honrado de haber podido venir aquí —respiró profundamente y observó la costa—. Es un mundo hermoso.

—¿Hay algo especial que eches de menos? —preguntó ella.

Kevin asintió.

—Echo de menos tener energía para pintar, para correr, para ir a la escuela. Me gustaba mucho levantarme e ir a clases cada mañana. Sé que suena raro, pero disfrutaba aprendiendo.

—A mí no me suena raro. ¿Algo más?

Sonrió, sonrojado.

—Echo de menos las cosas que Herme echaba de menos de ser un ángel.

—¿Eres Herme? Dijiste que yo era Teresa.

—Nunca dije eso.

—Me comparaste con esa perra infiel. Pero te perdono —ella hizo una pausa—. Entonces, ¿echas de menos el amor de una mujer?

No le contestó directamente.

—Una de las razones por las que estoy contando esa historia es por ti.

Ilonka estaba sorprendida.

—¿En serio? ¿Se supone que debo aprender algo de eso?

—Yo tampoco dije eso —se encogió de hombros—. Es sólo que esa historia me recuerda a nosotros.

Ella parpadeó. No estaba segura de haber oído bien.

—¿A ti y a mí?

Él la miró.

—Sí.

Le gusto. Lo amo. Tal vez él me ame a mí.

Ilonka alargó la mano y la pasó por el escaso cabello de Kevin. En ese momento, mirándolo a los ojos, se sintió totalmente feliz, más plena de lo que había sido en toda su vida.

—Yo te habría dejado pintar lo que quisieras —dijo ella.

—Yo habría disfrutado pintándote a ti.

Ilonka sonrió.

—¿Es eso lo que estabas dibujando cuando entré, hace unos minutos?

—No. Estaba dibujando la cara de tu Maestro.

Ella tomó aire con fuerza.

—Pero ¿cómo?

—Creo que sé cómo es. Distinto en múltiples vidas y, sin embargo, siempre igual —le apretó la mano—. Cuando cuentas tus historias, las recuerdo contigo. Recuerdo a Delius y a Padma como si estuvieran sentadas a mi lado en el estudio, junto al fuego.

Ilonka se rio con alegría.

—Sería mejor que recordaras a Shradha y Dharma. Se suponía que debías... —se interrumpió rápidamente—. Quiero decir que me recuerdas más a ellas que a las otras dos.

Kevin siguió mirándola, con una expresión de sorpresa en el rostro.

—No lo sé —dijo y comenzó a reír.

—¿Qué es lo que no sabes?

—No sabía eso —sus ojos abandonaron los de ella para navegar por el océano una vez más. Se estremeció por el frío y tosió—. Quiero pedirte un favor. No es algo agradable, pero significaría mucho que lo hicieras por mí.

—Lo que sea —concedió Ilonka.

—Les dije a mis padres que quiero ser incinerado y están de acuerdo conmigo. Pero quieren enterrar mis cenizas en algún lugar y eso no es lo que yo quiero. No quiero que mi madre tenga un lugar adonde ir a llorar. No será bueno para ella. Ni siquiera quiero que sepa dónde están mis cenizas. Les he pedido que te las den a ti.

El tema la angustió.

—¿A mí?

—Sí. Quiero que las traigas aquí —señaló el acantilado, las olas—. Quiero que las arrojes a la brisa, por encima del agua. Quiero que vuelen y se pierdan en el mar.

Había lágrimas en los ojos de Ilonka.

—Pero tú no te irás. Tal vez no mueras.

Él la miró detenidamente.

—Voy a morir. Sucederá pronto. Nada puede impedirlo. Es mejor aceptar la realidad. ¿No dijo eso el Maestro una vez?

Ilonka resopló.

—Creo que lo ha dicho muchas veces —asintió—. Lo haré por ti, Kevin. ¿Puedo cantar mientras lo hago? Me gusta cantar.

—Cántame ahora, cuando todavía puedo escucharte.

—Pero con este viento, apenas podrás oírme.

—Descuida. Probablemente tu voz sea horrible.

Ella le dio un ligero golpe en el pecho.

—Puede que seas capaz de pintar como un ángel, pero yo puedo cantar como uno.

—Adelante.

—No —ella lo tomó del brazo—. Más tarde. Ahora tienes que entrar. Estás temblando como la hoja de un árbol.

Ilonka llevó a Kevin de regreso a su habitación. Se sentía en la cima del mundo, aunque su novio estaba a las puertas de la muerte. Pero al menos podía pensar en él como su novio.

"Es sólo que esa historia me recuerda a nosotros."

Nosotros... no había una palabra más grande que pudiera haber salido de su boca.

Al mismo tiempo, ella sabía que estaba siendo ridícula.

¿Es tu novio? Ni siquiera te ha besado en los labios. Y va a estar muerto en cuestión de días. No habrá una oportunidad para que te bese. No habrá una oportunidad para nada, excepto para que le cantes a sus cenizas.

Deseó haber cantado un poco para él.

De regreso hacia su habitación pasó por delante de la de Sandra. Asomó la cabeza al interior, con un saludo en los labios. Pero la palabra murió en una respiración repentinamente helada. Sandra tenía su maleta abierta encima de su cama. Caminaba por su habitación, con una sonrisa en la cara, cantando mientras empacaba.

Nadie en el Centro de Cuidados Paliativos Rotterham volvía a hacer su maleta.

Las enfermeras siempre lo hacían por ti.

Después de que morías.

Ilonka sacó la cabeza de la habitación y retrocedió lentamente, lejos de Sandra. El frío en su respiración viajó hacia abajo, hacia su pecho, hacia su corazón, hasta bombear sangre que se convertía en fragmentos de hielo que cortaban al apretar a través de sus venas constreñidas. Sí, de repente sintió como si estuviera sangrando por dentro de la peor manera. Ella retrocedió y llegó justo a Spence.

—Hola, Ilonka —dijo él.

Ella volteó hacia el chico.

—¿Ya regresó el doctor White?

—Sí. Está en su consultorio. ¿Sabes...?

Ella no esperó a escuchar el resto de aquella revelación. Corrió por el pasillo hacia el consultorio del doctor olvidando que estaba enferma y que no había corrido así en más de un año. Llegó hasta la puerta del doctor White jadeando. Ni siquiera se molestó en llamar antes de entrar, simplemente irrumpió en su consultorio. El hombre estaba sentado ante su escritorio estudiando algunos papeles. Levantó la mirada.

—¿Soy yo? —preguntó—. ¿Es Sandra? ¿Quién es?

—Ilonka... —él se levantó y señaló una de las dos sillas frente a su escritorio—. Toma asiento. Tranquilízate.

Ella permaneció en pie, con los puños cerrados.

—No quiero tranquilizarme. Quiero vivir. Dígame, ¿es Sandra la que fue mal diagnosticada o fui yo?

La miró directamente a los ojos.

—Fue Sandra. Hay varias clases de linfoma de Hodgkin. Su médico cometió un error. La clase que ella tiene no es mortal. Dejará el Centro hoy.

Ilonka se limitó a asentir. Todavía respiraba con dificultad.

—Muy bien. Está bien. Qué bueno. Me alegro por ella. ¿Tiene los resultados de mis pruebas?

El doctor White volvió a señalar las sillas.

—Por favor, siéntate, Ilonka.

—¡No quiero sentarme! ¡Dígame la verdad y acabemos con esto!

El doctor White tomó un papel que tenía sobre su escritorio.

—Recibí los resultados por fax hace unos minutos. Estaba a punto de llamarte. No son alentadores. Tus tumores se han extendido. Tu bazo y tu hígado han sido seriamente afectados por la enfermedad. Ahora también hay manchas en tus pulmones —dejó el papel—. Lo lamento.

Ella se limitó a seguir asintiendo.

—De acuerdo, ¿qué significa eso? ¿Significa que voy a morir? Supongo que eso es lo que está diciendo. De acuerdo, ¿cuánto tiempo me queda?

—Ilonka...

—¿Cuánto tiempo?, maldita sea.

El doctor White suspiró.

—Un par de semanas, tal vez.

Ella no podía dejar de jadear.

—Tal vez... Quizá sean dos semanas. Y puede que dos días. ¿Qué tal dos años? Podría hacer mucho en dos años, ¿sabe? Podría tener una vida. Podría ir a la escuela y aprender a cantar correctamente. Podría conseguir un trabajo y ayudar a las personas menos favorecidas. Podría conseguir un novio. Nunca he tenido un novio, ¿sabe? Todavía soy virgen. ¿Se imagina eso en estos tiempos, eh? Voy a morir virgen —su voz se quebró—. Voy a morir.

—Ilonka... —el doctor White se apresuró a salir de su escritorio para consolarla. Pero ella no quería nada de eso. Lo apartó de un empujón.

—¡No soy Ilonka! ¡Sólo soy un cuerpo que espera convertirse en cadáver! ¡Déjeme en paz!

173

Salió corriendo del consultorio. Corrió sin saber adónde iba. Pasó por el área de enfermería. Cruzó delante de los cuadros al óleo. Corrió por lo que parecía un interminable túnel negro. No debería haber sido una sorpresa que terminara en el más oscuro de todos los lugares.

El sótano del Centro de Cuidados Paliativos Rotterham.

Donde guardaban los cuerpos antes de deshacerse de ellos.

Volvió en sí al lado de Anya.

Habían metido a su querida amiga en una bolsa de plástico verde.

Había una etiqueta con su nombre en el exterior.

Etiquetada y lista para ser entregada al olvido.

De repente, no hubo nada más importante para Ilonka en el universo entero que la forma en que los objetos personales de Anya se habían desvanecido. Abrazó la bolsa, la estrechó contra su pecho.

—¿Sigues ahí? —preguntó llorando—. ¿Hay algo ahí?

¿Por qué, Dios? ¿Por qué nos das la vida sólo para poder quitárnosla?

—No hay nada —le susurró a la bolsa de plástico verde.

Ilonka no supo cuánto tiempo había estado allí, sosteniendo el cadáver de Anya. Pero llegó un momento en que fue consciente de una mano en su hombro. Se giró y vio que era la mano de Kevin. Sus ojos color avellana la miraban con tanta compasión que ella sintió como si él estuviera tocando su corazón con el tacto resplandeciente de un ángel. Pero el chico no dijo nada. La tomó de la mano y la llevó hasta su habitación, cojeando todo el camino, pero sin apoyarse en ella.

La ayudó a meterse en la cama, y luego el doctor White entró en la habitación y le administró una inyección en el brazo. La aguja entró fría, pero el líquido que brotó de ella estaba caliente. El calor se extendió por su cuerpo y una profunda somnolencia la invadió.

Kevin estuvo con ella mientras se quedaba dormida. Lo último que vio fue su cara. Lo primero que soñó fue el rostro del Maestro.

—Maestro —habló ella—, ¿qué se siente al morir?

—¿Por qué lo preguntas? —la cuestionó el Maestro—. Cada noche, al acostarte, te vas a dormir sin saber quién eres. Y cada mañana despiertas.

—Pero cuando me voy a dormir sé que despertaré por la mañana. Cuando muera no sé si volveré a nacer. ¿Lo haré?

—El verdadero tú nunca renace, ni muere. Pero la personalidad y el cuerpo es otra cosa. Tú crees que eres esta personalidad, este cuerpo. Crees que eres inteligente porque eres capaz de articular palabras y confías en tu atractivo gracias a tu largo cabello oscuro. Pero esas cosas no te constituyen. Siempre están cambiando. El verdadero tú nunca cambia. Los iluminados rara vez hablan de nacimiento y renacimiento. Se preocupan por el momento presente. Si estás completamente viva ahora, es suficiente. No tienes que pensar en la muerte. La muerte vendrá cuando tenga que venir. No tenemos que ir tras ella. Te despojarás de una ropa y te pondrás otra. No es motivo de preocupación.

—Aun así, no quiero morir. Le temo a la muerte.

—¿Quieres poseer la misma personalidad que tienes ahora durante el resto de la eternidad?

Ella no tuvo más opción que reírse.

—Me gustaría mejorarla antes de que sea eterna.

El Maestro se rio con ella.

—Hazla perfecta y verás que cesa de existir. Tú crees que soy muy poderoso y sabio. Yo te digo que no soy nadie. Así es como los entiendo. Soy como el sol, brillo igual para todos. Tú eres el sol. Tú no eres esta personalidad y este cuerpo. Recuérdalo cuando se acerque el momento de la muerte y no tendrás miedo. Éste es un gran secreto que ahora te confío —hizo una pausa y habló con seriedad—. Recuerda también que estaré contigo llegue el momento.

CAPÍTULO 7

Se despertó en la oscuridad. Incluso antes de abrir los ojos, o de escuchar cualquier sonido, supo que él todavía estaba allí.

—¿Cuánto tiempo he estado inconsciente? —preguntó Ilonka.

—Es casi medianoche —dijo Kevin.

La joven abrió los ojos y se dio la vuelta en su cama. Kevin estaba sentado apoyado con almohadas en la cama de Anya. Tenía puesta su bata de franela roja; estaba vestido de manera distinta al momento en que a ella le habían puesto la inyección. Debía haber regresado a su habitación para cambiarse. Un rayo de luz de luna entraba por las vaporosas cortinas y brillaba en el suelo, por lo que alcanzaba a ver su rostro, aunque no con mucha claridad.

—Es hora de otra reunión —dijo ella.

—No creo que haya reunión esta noche. Anya se ha ido y Sandra… ella también se fue. Vino a despedirse, pero estabas durmiendo. Me dijo que te dijera que te escribiría.

—No perdió tiempo en salir de aquí, ¿verdad? Supongo que no puedo culparla —se sentó—. Gracias por haberte quedado conmigo. Si quieres ir a tu habitación, lo entiendo.

Kevin se encogió de hombros.

—Me gustaría que nos sentáramos y platicáramos, si no te molesta.

—¿De qué quieres que hablemos? ¿De cómo hice el ridículo esta tarde? Debería haber escuchado tu advertencia.

—Eres demasiado dura contigo, Ilonka. Tienes permiso para cometer errores. Todo el mundo lo hace.

—Excepto que yo sigo cometiendo los mismos errores. Eso no es bueno. Eso es lo que diría el Maestro del que te he hablado.

—¿Soñaste con él hace un momento? —preguntó Kevin.

—Sí. ¿Cómo lo supiste?

—Porque me quedé dormido mientras tú dormías y creo que yo también soñé con él. Pero no recuerdo mucho del sueño, excepto que fue maravilloso estar sentado con él.

—Yo sí recuerdo mi sueño. Me hablaba de la muerte, de cómo no había que temer.

—¿Tienes miedo de morir? —preguntó Kevin.

—Sí. Sobre todo ahora que sé que está tan cerca. ¿Tú no?

El joven sonrió.

—No desde que cuentas tus historias —confesó él.

—En serio.

—Claro que es en serio. Te dije que me sentía como si estuviera en esos lugares y esos tiempos contigo. Y siento que incluso cuando deje este cuerpo estaré en otro lugar.

Ella sintió una punzada de dolor en lo más profundo de sus entrañas. El hígado y el bazo, manchas en los pulmones… ¿qué le quedaba al cáncer que no se hubiera comido ya? El efecto de la puñalada no desaparecía. De repente, le resultó difícil respirar. Kevin se levantó y se sentó a su lado. Había un vaso de agua junto a la cama. Le acercó un puñado de pastillas blancas.

—Morfina —dijo él—. Spence me las dio. Dos son demasiadas.

—Pues creo que necesito dos —la joven tomó las pastillas de su mano y se las tragó con ayuda del agua—. Gracias. Supongo que a partir de ahora sólo recurriré a las drogas duras. Puedo olvidarme de las hierbas.

—Lo intentaste, es lo importante —la consoló Kevin.

—Lo que importa es que me negué a aceptar la realidad.

—Ilonka…

—Lo sé, no soy tan terrible. Pero tampoco soy tan genial, y siempre pensé que lo era. Me pregunto si otras personas piensan sobre sus vidas de la forma en que yo lo hacía. Miraba alrededor y veía todos los errores que cometían los demás, y pensaba que yo no iba a ser igual de tonta. Iba a dejar mi huella en el mundo. Pero mírame ahora. Apenas un puñado de personas conoce mi nombre. Sólo unos cuantos saben que estoy muriendo, y cuando esté muerta, incluso ellos se olvidarán de mí.

—Yo no te olvidaré.

Ilonka sonrió débilmente.

—¿Te acordarás de mí en el otro lado? Eso espero. Tal vez seas un ángel y vengas por mí cuando deje mi cuerpo para ponerme las alas.

—No sé si Herme alguna vez tuvo alas o no.

—¿Sabes? Anya realmente quería que terminaras tu historia anoche. Creo que sabía que iba a morir —cuando Kevin no respondió, Ilonka se apresuró a añadir—: No lo dije para hacerte sentir culpable. Tu historia es tan cautivadora —le tomó la mano—. Es medianoche, ¿no puedes contarme la última entrega de "El espejo mágico"?

—Pero Spence no está aquí.

—Puedes contarle el resto más tarde —dijo Ilonka.

Kevin reflexionó por un momento.

—Tal vez debería terminar la historia ahora —señaló su vaso—. ¿Puedo tomar primero un sorbo de tu agua?

—Por supuesto.

Kevin bebió de su agua y se acomodó sobre la cama tras tomar prestada una almohada para apoyarse. Parecía que no le quedaban fuerzas en la espalda... y en ninguna otra parte de su cuerpo. Se aclaró la garganta y comenzó. Su voz salió suave y seca. Ilonka sospechaba que estaba tomando demasiada morfina.

—Herme dejó el puente donde había estado a punto de suicidarse, pero no volvió a casa. No parecía tener sentido hacerlo. Deambuló por las calles hasta el amanecer, para lo cual no faltaba mucho, en realidad, y entonces decidió que encontraría un trabajo no relacionado con el arte. Sentía que al pintar seguiría viviendo en el estrecho mundo que rodeaba al museo, y aunque esperaba volver a la alegría que había experimentado como ángel, también quería estar más allá de eso. Creía que Dios le había concedido su deseo de mortalidad porque quería que se convirtiera en algo más de lo que ya era. Herme decidió abrazar cada aspecto de la vida humana.

"Así que quiso convertirse en taxista. El problema con eso era que no tenía licencia de conductor. Sólo un pasaporte falso que Teresa le había conseguido en el mercado negro de París, antes de partir a Estados Unidos. Con eso pudo conseguir una licencia temporal, y luego una plaza como taxista. La empresa le asignó el turno de noche, lo que le pareció bien. Conducir en la ciudad de Nueva York es un trabajo duro. Hay una lucha constante con el tráfico y con gente extraña. Pero todo eso le gustaba a Herme: encontrarse siempre con gente distinta. Comprendió que al vivir con Teresa había estado protegido del mundo. Como taxista, se encontró cara a cara con lo mejor y lo peor de la humanidad.

"Se quedó en Nueva York cinco años, y durante ese lapso nunca se encontró con Teresa. Con el tiempo fue sanando el dolor de la traición, pero nunca pasó un día sin que se preguntara cómo estaría ella. Verás, él todavía la amaba, pero nunca tuvo la tentación de buscarla porque entendía que su amor por ella no era suficiente. Ella todavía tenía que vivir y crecer a su manera, al igual que él. Comprendió que él mismo era realmente malo para ella en muchos aspectos. La había hecho dependiente de su presencia, y del mismo modo, él se había vuelto necesitado de ella. Pero le deseó lo mejor; sinceramente deseaba lo mejor para todo el mundo. No había una persona que subiera al taxi que no lo hiciera sentirse un poco mejor. Eso era suficiente para él. Herme tenía un empleo a través del cual podría dar amor a completos extraños día con día. A veces se preguntaba si ésa era la razón por la que todo el mundo estaba en la Tierra, para aprender a dar amor constantemente.

"Pero después de esos cinco años dejó la ciudad de Nueva York y se trasladó a Colorado, a vivir en las Montañas Rocallosas. Se convirtió en guardabosques de un parque nacional, y cuando no estaba de servicio, a menudo se adentraba en el bosque y acampaba bajo las estrellas. Ansiaba la naturaleza, la soledad, pero también podía reconocer que había una parte dentro de él que se sentía sola, y que tal vez anhelaba a esa perfecta compañera humana, o quizás algo más.

"Había una mujer que le gustaba y quien también trabajaba en el parque nacional. Su nombre era Debra, y ella era preciosa para Herme. Comenzaron a pasar tiempo juntos, y no transcurrió mucho antes de que ella se mudara con él. Para Debra estar con Herme era como un sueño: era el hombre más amable que se pudiera imaginar, y también uno de los más divertidos. En los muchos años transcurridos desde que había dejado el Louvre, Herme había desarrollado un encantador sentido del humor. Un día, después de vivir con Herme durante seis meses, Debra le pidió que se casara con ella. Él se sintió halagado, y en realidad no era bueno para decir no, así que se fijó una fecha y Herme se encontró en el umbral de la vida matrimonial.

"Una semana antes de la boda se produjo un gran incendio y Herme fue enviado a combatirlo en una parte remota del bosque, donde encontró a una familia atrapada en un círculo de llamas. Con valentía atravesó el muro de fuego hasta llegar a esas personas, y de inmediato el muro se cerró a su espalda. Pero Herme encontró una salida para aquella familia: tenían que escalar por la ladera de un precipicio. Al principio, la familia estaba aterrada de hacer lo que él les decía, pero a medida que las llamas se cerraban sobre ellos cambiaron de opinión. Herme tenía una cuerda y otro equipo de escalada, y ayudó a la mujer y a los niños a bajar primero. Fue cuando volvió a subir por el hombre que se encontró con problemas. El viento había cambiado de dirección y el fuego ya estaba demasiado cerca. Alcanzó su cuerda y, cuando Herme estaba a medio camino del acantilado, ésta empezó a echar humo. Él podía ver la cuerda ardiendo por encima de su cabeza, así que trató de aferrarse a la ladera para apoyarse. Pero aquello no fue suficiente, y cuando la cuerda se quemó, Herme cayó a treinta metros del suelo. Aterrizó sobre una roca y su espalda se rompió.

"No recuperó la conciencia durante un par de días, y para entonces se encontraba en un hospital en Denver. Debra estaba a su lado, y se enteró de que el hombre de la colina no había sobrevivido al incendio. También le comunicaron que habría de terminar sus días paralizado de la cintura para abajo. Herme tomó mal la noticia porque una de sus mayores alegrías como mortal era poder moverse y *sentir* la tierra bajo sus pies, algo que se le había negado como ángel.

"Debra le era fiel, pues lo amaba, y le prometió que se quedaría con él en las buenas y en las malas. Sin embargo, Herme no creía que un marido discapacitado fuera algo con lo que ella debía vivir. Entonces se negó a continuar con el compromiso, aunque eso le rompió el corazón. Por algún tiempo ella insistió en llamarle y le escribía durante su convalecencia, pero él seguía ignorándola. Entonces Debra cesó toda comunicación, y una vez más Herme se encontró solo.

"Estaba caído, pero no fuera de combate. Con el tiempo fue dado de alta del hospital y pudo desplazarse solo gracias a una silla de ruedas. Sus vivencias con el personal médico dejaron una profunda huella en su pensamiento, por lo que pensó que le gustaría ser médico. Fue una decisión trascendental porque para entonces era ya un hombre mayor y, como discapacitado, su esperanza de vida era más corta de lo normal. Además, tenía que empezar con la escuela desde el principio. Tuvo que ir a la universidad durante cuatro años antes de poder ingresar en la facultad de medicina. Por fortuna, durante todo este tiempo recibió apoyo como pensionado pues había sufrido una lesión permanente al cumplir con su trabajo.

"Pero Herme estaba decidido en lograr su meta, y tras nueve años de lucha, se convirtió oficialmente en médico. Tenía enormes deudas de la escuela de medicina, pero empezó a trabajar de inmediato en una clínica gratuita que ofrecía servicios a los pobres y vagabundos sin hogar. Para entonces, vivía en Los Ángeles, en un miserable departamento con un desvencijado elevador que a duras penas podía llevar su silla de ruedas hasta el último piso. Pero estaba contento, quizá no tan feliz como en los días siguientes a su salida del Louvre, pero satisfecho de haber prestado un servicio a la humanidad. Su principal dificultad era su salud. Las personas en silla de ruedas suelen tener problemas con los riñones, y Herme no llevaba muchos años trabajando como médico cuando los suyos empezaron a fallar. Parte del problema era su propia negligencia. Estaba tan ocupado cuidando de los demás que no procuraba para sí una dieta saludable ni bebía suficientes líquidos. Con el tiempo tuvo que someterse a diálisis, y aquello disminuyó su tiempo en la clínica. Sin embargo siguió trabajando arduamente, incluso cuando su cabello se puso blanco y comenzó a caerse. Como antiguo ángel, Herme no temía a la muerte, pero sentía que si su hora estaba por llegar, la luz lo encontraría arrepentido. Aunque no sabía en realidad por qué. Había hecho lo mejor que pudo con su vida.

"Una noche, cuando estaba por terminar su turno en la clínica, le fue llevada una mujer que se encontraba en condición crítica. Parecía haber estado viviendo en las calles y padecía un severo cuadro de neumonía. Se estaba ahogando literalmente por la congestión de su pecho. Herme la examinó y le sacó una muestra de sangre. La mujer estaba vestida con harapos y cubierta de mugre. Por estas razones, y también porque se encontraba muy demacrada y tenía numerosas llagas en su rostro, no la reconoció. Pero después de que las enfermeras la limpiaron, él pudo reconocerla. Era Teresa.

"Herme se alegró mucho de volver a verla, pero se entristeció porque era evidente que estaba muy enferma, y podía darse cuenta de que su vida no había sido sencilla. Ella estaba medio delirando, y él le administró tratamiento de inmediato. Por fortuna, la neumonía respondió a los medicamentos, y en un día su temperatura bajó. Pero no desapareció del todo, así que después de más pruebas Herme supo sin asomo de duda que era un caso de sida. Su neumonía no era bacteriana, sino causada por un tipo de parásito que es común en los pacientes con sida. Él se dio cuenta de que ella iba a morir y de que no había nada que pudiera hacer para salvarla.

"Mientras trabajaba en la clínica, Herme portaba un identificador con su nombre en la pechera de su bata, pero éste sólo mostraba su apellido, que él había inventado, así que Teresa no tenía idea de quién era él. A Herme le entristecía y le aliviaba su falta de reconocimiento. Estaba triste porque nunca la había olvidado, y sentía que él no debía importarle mucho, dado que había desaparecido de su memoria. Por supuesto sabía que no se parecía al joven que había salido tan audazmente del Louvre. Pero, al mismo tiempo, se sentía aliviado de que Teresa no lo reconociera porque no sabía cómo conducirse con ella en realidad, pues aquella mujer había sido el gran amor de su pasado y ellos no se habían separado en circunstancias ideales.

"Sin embargo, siguió cuidándola, quedándose a menudo después de su turno para hacer cosas especiales para ella: darle un masaje en la espalda y llevarle el periódico, comprarle libros y grabarle música para que ella la escuchara. Cuando le bajó la fiebre, Teresa volvió a hablar y siempre se mostró amable con él. Pero era obvio que sufría mucho dolor y que también sufría de depresión. Con el paso de los días, Herme consiguió que Teresa se abriera y hablara de su pasado. Supo que se había casado dos veces y había engendrado dos hijos, pero que ambos matrimonios habían terminado mal y que uno de sus retoños había muerto en un accidente automovilístico. Parecía que perder a aquel niño la había sumido en una espiral descendente de la no había podido escapar. Se había vuelto alcohólica. Perdió su trabajo y luego su casa, y había terminado en la calle. Herme casi lloraba mientras ella hablaba, pensaba qué tan diferente hubiera sido todo de haber permanecido juntos, especialmente cuando Teresa mencionó a alguien especial de su juventud. Entonces se dio cuenta de que se había apresurado a juzgar su memoria.

""Lo conocí en París", le dijo a Herme. "Cuando yo era joven. Él trabajaba en el Louvre, ese famoso museo con todos los cuadros de Da Vinci y Rafael. Era un artista y me enamoré de él en cuanto lo vi. Era tan tímido cuando nos conocimos… prácticamente tuve que torcerle el brazo para lograr que saliera del museo. Desde el principio fuimos inseparables. Consiguió un trabajo como retratista y pronto pudo abrir su propio estudio. Vivíamos juntos y me cuidaba mucho. Luego nos mudamos a Nueva York y todo fue de mal en peor. Él ya no quería pintar retratos y nos estábamos quedando sin dinero, así que yo comencé a ponerme nerviosa. Entonces conocí a otro hombre y tuve una aventura con él. Bueno: sucedió lo inevitable. Mi novio llegó a casa y nos encontró juntos." Teresa suspiró antes de continuar. "Él se dio la vuelta y se marchó. No volví a verlo."

"El hecho de que Teresa hablara de aquella fatídica noche hizo que todo volviera a Herme. Se quedó mirándola fijamente, sin saber qué decir. Sin embargo, se dio cuenta

187

de que no la culpaba por lo que había pasado, y eso lo tranquilizó.

""El recuerdo es doloroso para ti", le dijo él con gentileza.

"Ella resopló. "Nunca tuve la oportunidad de decirle lo mucho que lamentaba lo que le hice, y lo maravilloso que era." Teresa sonrió de repente. "¿Le he hablado de su talento? Los cuadros que pintaba… dejaban a la gente sin aliento. Podría haber sido uno de los mejores artistas del mundo. A lo largo de los años, siempre estuve atenta a su obra. Seguía esperando verlo, pero no sé qué pasó con él." Su sonrisa se desvaneció.

"" ¿Qué pasa?", preguntó Herme.

"" Nada." Entonces empezó a llorar. "Doctor, le cuento todas estas cosas, pero ni siquiera puedo recordar cómo era yo en esos días."

""Estoy seguro de que eras muy hermosa", dijo él.

""No lo sé."

"" Tal vez te encuentres con él de nuevo y puedas decirle cómo te sientes."

"Ella negó con la cabeza. "No quiero encontrarme con él luciendo así." Se detuvo bruscamente y miró a su alrededor. "¿Por qué no hay un espejo en esta habitación?", preguntó.

"No había espejo porque Herme lo había retirado mientras ella se encontraba delirando a causa de la fiebre. No quería que se despertara y viera lo devastadas que habían quedado sus facciones con su cáncer de piel. Recordó lo vanidosa que había sido. Además, debido a sus tratamientos, su cabello se estaba cayendo, y ella estaba casi completamente calva. Él aplazó su petición de un espejo, pero ella insistió. Finalmente, Herme accedió a traerle uno al día siguiente. Cuando se levantó para irse, ella lo detuvo.

""¿Estoy gravemente enferma, doctor?", le preguntó.

""Sí."

""¿Voy a morir?"

"Herme dudó.

""No estoy seguro", replicó él. "Estamos haciendo todo lo que podemos para ayudarte. Sólo Dios sabe."

"Ella cerró los ojos y asintió. "Eso es algo que mi novio solía decir. Sólo Dios sabe. Era su respuesta para todo. Me irritaba en ese momento, pero ahora creo que era una buena respuesta." Ella abrió los ojos. "Gracias, doctor."

""Gracias, Teresa."

"Ella sonrió.

""¿Por qué?"

""Por todo", dijo él.

"Esa noche, de camino a casa, Herme se detuvo en una tienda de utensilios de arte y compró pinturas, pinceles, un bloc de dibujo, un par de lienzos y un caballete. Hacía décadas que no pintaba, pero cuando instaló las herramientas en su pequeño departamento sintió una poderosa ráfaga de euforia. Supo que su talento no lo había abandonado y que estaba a punto de crear la mejor obra que jamás hubiera pintado. Se puso a trabajar, y pintó a Teresa tal y como era el primer día que la había visto. Trabajó durante toda la noche, sin parar, hasta que llegó la hora de volver a la clínica.

"Allí se encontró con una sorpresa. El estado de Teresa había empeorado dramáticamente y ahora agonizaba. Se apresuró a ir a su lado e intentó despertarla, pero estaba claro que había entrado en coma. Los otros médicos de la clínica le dijeron que debía olvidarse de ella. Pero él se negó y permaneció a su lado. Durante todo aquel día y toda aquella noche sostuvo su mano. El cuadro que había pintado para ella descansaba apoyado contra la pared, todavía envuelto y esperando a que Teresa lo viera. Herme no había rezado a Dios en mucho tiempo, pero durante todo ese día y toda esa noche oró con gran fervor. Pidió que ella no muriera sin saber que para él ella había sido la cosa más hermosa de la creación. Que todavía lo era.

"Por la mañana, al amanecer, ella se despertó y abrió los ojos.

""¿Doctor?", susurró. "¿Lleva aquí mucho? ¿Cuánto tiempo he dormido?"

""Ambos hemos estado dormidos la mayor parte de nuestras vidas, Teresa. Te traje un espejo. ¿Quieres verlo?"

"Aquella mujer asintió, y Herme sostuvo la pintura para que ella pudiera verla. Al hacerlo, Teresa vio su juventud, y la esencia misma de su vida se desveló ante su presencia. Una luz brilló de nuevo en su rostro. Ella se observó como una mujer joven, y luego vio a Herme, y fue como si su vida entera se hubiera revelado en ese momento, en aquella habitación de hospital, y el balance final no fuera tan atroz. Fue mágico lo que sucedió, un momento divino en la eternidad del tiempo.

""Herme", lo llamó ella, y lo abrazó. "Mi amor."

""Teresa", dijo él y correspondió el abrazo con fuerza.

Fue entonces que Kevin hizo una pausa en su historia.

—No mucho tiempo después de eso, Teresa volvió a entrar en un coma del que ya no regresaría. Murió más tarde, ese mismo día.

Ilonka tenía lágrimas en el rostro.

—¿Qué pasó con Herme?

—No lo sé.

—Entiendo —replicó Ilonka. Con aquellas palabras Kevin se estaba *revelando* como Herme, y le decía que no estaba seguro de lo que iba a pasar con él después. Ella se inclinó para besarlo y fue gentil el roce de sus labios. Enseguida lo abrazó—. Fue maravilloso.

Él se alegró.

—¿Lo dices en serio?

—Tú eres maravilloso. ¿Te lo había dicho alguna vez?

—No. ¿Te he dicho alguna vez que tú también eres bastante buena?

Ella se rio.

—¿Sólo buena?

El joven sonrió aferrándose a la chica.

—Eres especial para mí —dijo él.

Ilonka se sentó.

—¿Puedo preguntarte algunas cosas sobre tu historia? —aventuró ella.

—Si me dejas preguntar también algunas cosas sobre las tuyas —reviró él.

—Trato hecho —aceptó Ilonka—. Dijiste que una de las razones por las que contaste esa historia era por mí. No te voy a pedir que lo expliques porque ya una vez te negaste a hacerlo, pero no pude evitar darme cuenta de que ciertos miembros del Club de la Medianoche parecían presentes en tu historia, ya sea simbólica o descriptivamente. Por ejemplo la silla de ruedas, que naturalmente aludía a Anya. O tu talento para pintar. También eso de los médicos cuidando a los moribundos. Creo que lo que en realidad quiero saber es si *todo* en tu historia era relevante para los miembros del Club de la Medianoche.

Lo que Ilonka más quería saber es si Kevin conocía lo que Anya había vivido con Bill, pues se parecía bastante a lo que había ocurrido entre Herme y Teresa. Además, a pesar de lo que acababa de decirle, quería saber cuánto de Teresa se suponía que era ella. Por último, deseaba averiguar si había cosas de los otros en la historia que ella ignorara. Lamentablemente, la respuesta de Kevin no fue muy esclarecedora.

—La historia se desarrolló de forma natural en mi mente —comenzó Kevin—. No intenté conscientemente incluir a cada miembro del grupo, pero supongo que inconscientemente podría haberlo hecho, ya que sabía que ellos serían el único público de esta historia.

—Ésa es otra parte que resulta triste, pensar que esta historia podría morir aquí, con nosotros. Me gustaría que se pudiera grabar y distribuir, tal vez incluso publicarse.

—Ninguno de nosotros tiene fuerzas para escribirla. ¿Y qué hay de tus historias? También merecen ser recordadas. Son maravillosas historias de moralidad y nobleza.

—Ahora estás exagerando —dijo ella, aunque se sintió halagada.

—Hablo en serio. Significan mucho para mí, Ilonka.

Ella volvió a reírse.

—Sólo porque crees que eres el héroe en cada una de ellas.

—Yo nunca dije eso —se excusó Kevin.

—Bueno, lo hiciste a tu manera esquiva —Ilonka hizo una pausa y se quedó pensando—. Y tal vez tú eras los personajes que yo creía ser. Delius y Padma eran ciertamente más cercanas que Shradha y Dharma, y tú ciertamente te acercas más a ellas que yo.

—No voy a discutir eso.

—¡Tú! —ella lo empujó suavemente, nunca con demasiada fuerza.

—Ilonka —dijo él, dando un falso respingo ante su tacto.

Ella le sujetó las manos.

—Me encanta oírte decir mi nombre —se detuvo. Ahí estaba, podía sentirlo: el momento de la verdad. Sin embargo, no tenía que ser la gran cosa. En realidad, pensó, lo prefería así, apenas un gesto tranquilo en su habitación, a última hora de la noche—. Supongo que ya debes saber que te amo mucho más que eso.

El joven se hizo el inocente.

—¿Cómo?

Ilonka acercó las manos de Kevin a su corazón.

—En cada una de mis historias siempre estábamos tú y yo. Sin importar quién fuera quién. Para mí siempre has estado ahí, Kevin, incluso antes de conocerte —una lágrima rodó por su mejilla y ella soltó al chico el tiempo suficiente para enjugarla—. Dios, esto es embarazoso. No quiero empezar a llorar ahora.

—No lo hagas —Kevin secó otra lágrima—. No tienes que decir nada. Ésa es la belleza de los encuentros en medio de la historia. Ya nos conocemos.

Ilonka no podía dejar de llorar.

—Pero sólo quería decírtelo antes de que sea demasiado tarde. Sólo quería escuchar las palabras —ella se inclinó y lo besó—. Te amo, Kevin.

—Te amo, Ilonka. Tú lo sabes.

—No lo sabía.

—Bueno, ahora lo sabes —le levantó la barbilla porque las lágrimas habían seguido escurriendo—. ¿Por qué sigues llorando, tontita? ¿Estás esperando que te dé una gran gema amarilla? ¿Quieres que desvele ante ti un cuadro impresionante? Lo siento, pero no tengo nada en los bolsillos de esta bata, salvo morfina y pañuelos Kleenex.

Ella tuvo que reírse aunque empezó a llorar de nuevo un segundo después. Llevó las manos de Kevin a su boca y las besó con ternura, inclinando la cabeza hacia él, demasiado avergonzada para exponer su yo verdadero, y demasiado temerosa de que nunca tendría otra oportunidad.

—Tengo miedo de morir sin ser amada —dijo ella, ahora un mar de lágrimas—. Y sé que acabas de decir que me amas, y te creo, pero necesito más que eso… aunque sé que ya no hay tiempo. Desde que te vi por primera vez, he querido amarte, amarte de verdad. ¿Entiendes lo que digo? Quería dormir a tu lado y sentirte cerca de mí. Quería amarte y que tú amaras mi cuerpo, Kevin. Nunca lo he hecho, y ahora nunca lo haré —Ilonka sacudió la cabeza y trató de retroceder—. Oh Dios, no puedo creer que te esté diciendo estas cosas. Debes pensar que soy patética.

—Sí —dijo él.

—Sé que lo soy.

—No. Quiero decir, sí: hagamos el amor. Me quedaré contigo esta noche.

Ella estuvo a punto de caer de la cama.

—¿Lo harás?

—Será un honor.

Él la había callado rápidamente. Ella estaba aturdida.

—Pero, quiero decir... ¿podemos? Mi abdomen está plagado de cicatrices, y el doctor White dice que tengo tumores más grandes que naranjas dentro de mí.

—¿Tienes miedo? —preguntó Kevin.

—Sí. Estoy calva.

—¿Qué?

—Uso una peluca. No tengo cabello. La quimioterapia acabó con él.

—Lo sé.

—¿Lo sabes? —estaba asombrada.

—Sí —dijo Kevin—. Pero eso no importa. Yo también tengo miedo. Estoy en peor forma que tú. Ni siquiera puedo subir un tramo de escaleras. Pero nada de eso importa. Podemos hacer el amor sin tener sexo. Podemos quitarnos la ropa y abrazarnos, y será mejor que en las películas —la atrajo a sus brazos y la besó en los labios, lenta y cariñosamente. Luego le susurró al oído—: No te haré daño, no me harás daño.

—¿Tendrás frío sin la ropa puesta?

—Tú mantendrás mi calor.

—¿No morirás durante la noche? —no era la pregunta más romántica que le podía hacer, pero Ilonka tenía miedo de que eso sucediera. Sin embargo, por una vez su amor fue más fuerte que su miedo. Lo acercó antes de que pudiera responder y le dijo—: No. Eso no sucederá. No te dejaré morir.

Y ésa fue una buena promesa.

Ella le *había* hecho otras promesas… en el pasado, o tal vez sólo en la tierra de la imaginación donde las cosas a menudo eran más reales que la propia realidad. Él también le había hecho promesas, pero ¿quién sabía? Tal vez los sueños de ambos eran sólo "deseos hechos realidad" en otro tiempo, en otra dimensión.

Mientras dormía en los brazos de Kevin, en la mente de Ilonka estalló un revoltijo de vidas *posibles*. La mayoría eran simples fragmentos: una escena de ella caminando como un anciano en un campo de arroz; una visión de sí misma como una niña corriendo por un prado lleno de margaritas. Otros eran de días extraños: ella como un ser extraterrestre viajando a otros mundos en una nave espacial, recogiendo seres y sometiéndolos a experimentos, algunos indoloros, otros fatales; ella como un ser parecido a una sirena que vivía en una ciudad submarina maravillosamente sofisticada y compleja.

Lo principal de todas estas vidas era que en cada una de ellas aprendía un poco más y no cometía *exactamente* los mismos errores del pasado… aunque sí tenía tendencia a repetir ciertos patrones. Sin embargo, desde la perspectiva de esa parte más elevada de sí misma que podría llamarse el alma, todas estaban sucediendo al mismo tiempo. Todo sucedía en un momento eterno, y ése era el único lugar en el que se negaba a estar. Ella siempre estaba mirando hacia delante, hacia algo que podría ser mejor, o bien atascada en el pasado, preocupada por lo que podría haber sido. Lo único que nunca hacía en ninguna de sus vidas era vivir plenamente el presente.

Siempre anhelaba ser amada.

Ella vio una vida, y fue más que un vistazo en realidad, donde ella era un poderoso rey casado con una devota reina. Esto trascurría en la tierra de Lemuria, el gran continente en el Pacífico que se hundió bajo las aguas incluso antes de que la Atlántida alcanzara el pináculo de su civilización. Había sido feliz hasta que conoció a una mujer de la que algunos decían que era capaz de provocar el mayor deleite, y otros decían que era una bruja. Pero ella estaba intrigada con esta mujer; como rey, *él* estaba intrigado. Su reina se dio cuenta de su fascinación y le habló de la mujer y lo dejó tomar su propia decisión sobre si debía acudir a ella.

—No es una bruja y no es un ángel —dijo la reina—. Es una ordinaria mujer mortal. Pero conoce un secreto que le permite dar el mayor placer a un hombre. Se llama *Éxtasis*. En el acto sexual, el placer se limita a una pequeña parte del cuerpo. Pero en el Éxtasis, lentamente, a través de una astuta secuencia de caricias, todo el sistema nervioso es llevado al clímax. Esto trae dos mil veces la alegría, y dos mil veces la pérdida de vitalidad. Todos sus hombres se vuelven adictos a ella, y nunca la dejarán. Todos sus hombres son como esclavos y no tienen mente propia. Duermen todo el día y su único pensamiento se centra en saber cuándo ella vendrá a ellos de nuevo. Pero si quieres ir, ve. Aunque ella te dará placeres físicos, nunca te hará olvidar lo que tienes aquí, que es mi amor.

Así que él acudió con la hechicera, esta maestra de Éxtasis, y ella se alegró de recibirlo. Porque a pesar de tener muchos admiradores, tenía que luchar para salir adelante, y aquí estaba el rey de la tierra mostrando interés en sus placeres. El monarca se resistió a sus seducciones, queriendo conocerla mejor, queriendo ver si realmente era tan formidable como había oído. Ésta era una cualidad peculiar del rey: le gustaba estar cerca del peligro, pues creía que siempre tendría la sabiduría y el poder para liberarse en el último momento. Era un hombre poderoso e inteligente, y cuando la hechicera vio eso quedó impresionada. Ella nunca había conocido a un hombre que fuera capaz de resistírsele un solo día siquiera, y este rey se había quedado con ella muchos días sin acostarse con ella. De hecho, después de más de una semana, él se acercó a ella para despedirse:

—Ha sido un placer pasar tiempo contigo, pero voy a volver con mi esposa, a quien extraño.

Ante esto, la hechicera se quedó atónita.

—Pero nunca te has acostado conmigo siquiera —le replicó—. ¿Cómo puedes irte?

El rey se rio de su audacia.

—¿Qué es eso que haces y de lo que tanto he oído hablar?

Ella sonrió.

—Oh, es sólo amor. ¿Cómo puedes huir del amor?

El rey no se dejó engañar.

—A tu lado no siento lo que me invade junto a mi esposa, que es amor verdadero —pero luego añadió, porque la encontraba fascinante—: Pero tal vez en otra ocasión nos encontremos y entonces conozca todo el placer de tu compañía.

Ante esto, la hechicera sonrió con picardía porque sabía que las semillas ahora plantadas serían capaces de convertirse en el fruto del mañana.

—Nos encontraremos —dijo ella al fin—, y ese día seré yo el amo y tú rogarás quedarte conmigo.

El rey reconoció sus orgullosas palabras con una reverencia, aunque pensó que estaba equivocada.

—Tal vez —fue lo único que dijo.

Y el rey volvió junto a su reina con quien vivió feliz hasta el final de sus días.

Pero entonces, casi instantáneamente en la mente dormida de Ilonka, *él* nació de nuevo en un país escandinavo en la Edad Media como una pobre chica ordeñadora, que sufría una enfermedad que la había dejado completamente calva desde su nacimiento. La vida era dolorosa para *ella*, pues los momentos de alegría eran escasos. Vivía como una paria porque muchos creían que su presencia atraía la mala fortuna. Sin embargo, cuando tenía dieciséis años, conoció a un joven y se enamoró de él. Pero aunque él la trataba con amabilidad y respeto, y nunca sintió miedo de ella, no compartía su cariño. Este hecho causó en ella una incalculable pena. Nunca había deseado nada tanto como a ese muchacho, y rogaba a Dios que se lo diera sin importar el costo. Pero al ser su oración frenética y soberbia, estaba por completa falta de atención por el muchacho. Y aunque su plegaria fue concedida por un corto tiempo, al final ella resultó maldecida.

Así fue que después un hechicero llegó a su vida, un hombre capaz de encender fuegos con un simple movimiento de sus manos, y cuya mirada era tan fría como el más crudo invierno. Este hechicero se sintió atraído por aquella chica porque a pesar de ser una marginada y de estar lejos de ser encantadora en apariencia, tenía, en el fondo, un alma pura. Esa pureza lo atrajo como una poderosa fragancia. Aquel hombre deseaba utilizarla para sus propios fines. La veía como la fuente de luz de la que podía echar mano para potenciar sus más crueles hechizos. Así que se acercó a ella, mientras la joven se encontraba de rodillas en una iglesia de piedra rezando para que Dios condujera a sus brazos al chico de sus sueños. Allí, en ese templo, el hechicero le enseñó a la joven la parte más perversa de toda la magia: la *Semilla*. Y le prometió que aquel chico pronto sería suyo.

La Semilla estaba relacionada con el Éxtasis en el sentido de que utilizaba el impulso sexual para obligar a la gente a actuar en contra de su voluntad. Pero era mucho más sutil y peligrosa. El Éxtasis era enteramente físico, mientras que la Semilla dominaba a través del engaño psíquico. Con la Semilla, ella era capaz de atraer al chico a placer, lo cual ocurría frecuentemente. Pero la joven no sólo utilizó su nuevo poder para conseguir a aquel chico, sino también a otros hombres, pues quien a la Semilla recurría habría de volverse un ser promiscuo. Quien la usaba se volvía adicto a los mismos actos que forzaban a hacer a los otros.

Por este *regalo* el hechicero pidió algo a cambio. Al principio sólo fue su disponibilidad instantánea siempre que la deseara. Ella se lo concedió, aunque le repugnaba estar en sus brazos, sobre todo después de haber estado con el chico al que amaba. Porque ella, aunque lo utilizaba de la peor manera imaginable, en verdad amaba al chico. Pero la joven sentía que ya lo conocía desde *antes* y fue su amor por el chico lo que la hizo cuestionarse lo que estaba haciendo. Esas preguntas llegaron a ella al mismo tiempo que el hechicero le presentó una gran exigencia. Le ordenó que usara sus poderes especiales para atraer a cierto conde y seducirlo; luego, cuando el hombre estuviera dormido sobre su regazo, ella tendría que cortarle la garganta. El conde era un viejo enemigo del hechicero y era un obstáculo para su poder. Ella accedió porque le tenía mucho miedo al hechicero, pero una vez fuera de su vista se apresuró hacia la iglesia y rezó a Dios para que la liberara de la influencia de ese hombre. Le suplicó para que el poder maligno que le había sido dado a ella le fuera arrebatado.

Mientras rezaba, se acercó el chico que amaba, y ella, con lágrimas en los ojos, le confesó todo. Aunque el chico había sido utilizado por ella, ahora la amaba. De hecho, él se habría enamorado de ella incluso si ella no hubiera utilizado la Semilla en él. La perdonó y le propuso que huyeran juntos. La perspectiva entusiasmó a la joven quien se apresuró a reunir sus cosas para el viaje. En eso estaba cuando el hechicero apareció y la maldijo por traicionarlo. Ella le pidió clemencia, pero él no se la mostró. Antes de marcharse la apuñaló con el mismo cuchillo que le había dado para usar en su enemigo. La dejó tendida en un charco de sangre y la dio por muerta.

Antes de que la joven muriera, el chico la encontró y sacó el cuchillo de su abdomen. Era una hoja maligna y emponzoñada que había sido forjada con encantamientos antiguos. La joven sabía que iba a morir, y lloró por haber desperdiciado su vida y su amor. Pero el chico le dijo que no se preocupara, que un día, en otro tiempo y lugar, volverían a estar juntos. Ésta fue su promesa, pero la muchacha tenía dudas por todos los males que había cometido. Entonces el joven le hizo otra promesa.

—Compartiré tus males —le dijo—. Así, adondequiera que el destino nos lleve, podremos estar juntos. Incluso si eso significa que nuestros días futuros serán oscuros y llenos de dolor. Porque incluso en la penumbra, nuestro amor nos mostrará la luz.

Ésas fueron las últimas palabras que la joven escuchó antes de morir.

Sus sueños, sus pesadillas, sus visiones… todo junto. Ilonka se revolvió intranquila en sueños e instintivamente buscó los brazos de Kevin al experimentar una repetición del episodio con el hechicero cuando sintió una punzada de dolor en su bajo vientre. Sin embargo, en aquel momento no fue un furioso puñal lo que la hería, sino el cáncer. No obstante era posible que existiera una conexión entre lo que había sido y lo que ahora era.

En cualquier caso, ella sintió alivio al acercarse a Kevin. Su visión conjunta del pasado se iluminó y proyectó un rayo sobre su futuro. En esa luz vio al ángel Herme pintando una estrella blanca y azul que brillaba en un cielo estrellado. Se colocó a su lado mientras él trabajaba, como si de su musa personal se tratara, y sintió esperanza mirando su obra, aunque no sabía por qué. Sólo sabía que un día viajaría a esa estrella.

Ilonka durmió el resto de la noche envuelta en el calor de esa esperanza.

Y no soñó más.

Por la mañana, Ilonka despertó con Kevin dormido a su lado.

El sol entraba por la ventana abierta, lo que la sorprendió porque creía que había estado cerrada cuando se acostaron. Una fresca brisa marina jugaba suavemente con las cortinas, pero no hacía tanto frío como ella hubiera esperado. El ambiente era cálido y dulce, como si el otoño y el invierno se hubieran replegado en el espacio de una sola noche para dar paso a una primavera temprana. Un pájaro cantaba en el alféizar de la ventana e Ilonka lo saludó con un movimiento de mano. Al ver el gesto, el pájaro se detuvo y los miró con curiosidad, como si tratara de decidir para quién seguir cantando. Ilonka sonrió y señaló a Kevin y el pájaro reanudó su canto. Fue entonces cuando Kevin abrió los ojos.

—¿Eres tú? —preguntó él.

Ilonka se inclinó para besarlo. Sí, *besarlo*. Muchas veces lo había besado la noche anterior antes de que el sueño los venciera.

—Sí, mi querido muchacho. Te dije que tenía una hermosa voz.

Él le sonrió.

—Qué hermoso paisaje para despertar —Kevin cerró los ojos y suspiró. Su rostro estaba muy delgado—. Qué hermoso sonido.

Ella le pasó la mano por el fino cabello.

—¿Soñaste anoche? —preguntó ella.

—Sí. Contigo —respondió él.

—Yo también. Fue bonito, pero me alegro de que sea de día.

—Yo también.

—Te amo, Kevin.

—Te amo, Ilonka.

Kevin no volvió a abrir los ojos. Murió unos minutos después en los brazos de Ilonka.

CAPÍTULO 8

Dos días después, Ilonka se encontraba al borde del acantilado lanzando las cenizas de Kevin al viento y al océano. No cantó, como había dicho que haría, al menos no en voz alta, aunque sí que había una canción en su corazón. Estaba satisfecha de haberle dicho cómo se sentía antes de que él dejara el mundo. También significaba mucho para ella saber que él había sentido lo mismo.

Los padres de Kevin no se opusieron a que ella se ocupara de sus restos, sobre todo porque él había dejado una petición por escrito al respecto. Ilonka finalmente pudo hablar con ellos. Eran personas agradables, especialmente su madre. La mujer, naturalmente, estaba devastada por la pena de haber perdido a su único hijo, pero su dolor parecía alcanzar la misma medida de alivio de que su hijo no sufriera más. Ilonka había escrito una disculpa para Kathy, la cual le hizo llegar con la madre de Kevin. En la tarjeta, Ilonka le aseguró, además, que Kevin había muerto en paz. El doctor White guardó el secreto del lugar en donde Kevin tomó su último aliento.

El doctor White le hizo otro favor a Ilonka. La puso en contacto con un viejo amigo de Anya, un tipo llamado Shizam. Ilonka lo llamó y le explicó que quería contactar con el antiguo novio de Anya, Bill. Shizam le prometió que haría todo lo que estuviera en sus manos para encontrarlo.

Sandra también llamó, e Ilonka platicó con ella. Sandra estaba de regreso en la preparatoria e intentaba ponerse al día con las clases que se había perdido. Aunque hablaron largo y tendido, no dijeron mucho que fuera realmente significativo. Sus mundos eran demasiado diferentes: Sandra estaba redescubriendo la vida e Ilonka estaba perdiendo incluso el Centro que llamaba hogar. Y su salud se estaba deteriorando rápidamente. Ilonka se preguntaba, mientras hablaba con ella, si la razón por la que Sandra nunca había sido capaz de contar una historia era porque nunca había pertenecido en realidad al Club, si en verdad éste había sido sólo para los moribundos. Su querido Club de la Medianoche… ¿habría alguna vez otro?

Probablemente no en este mundo.

Ilonka tuvo poco contacto con Spence después de la muerte de Kevin porque ambos se sentían tan mal que pasaban todo el tiempo en sus habitaciones. Spence había contraído un cuadro grave de neumonía que podía llevarlo a la muerte. El personal no hizo nada para tratarlo; sólo lo mantenían lo más confortable posible. La comodidad de Ilonka le costaba seis gramos de morfina al día, y ni siquiera eso detenía el dolor por completo. Pero ella lo soportaba pacientemente, no había nada más que hacer.

Llegó un día —fueron casi dos semanas después de la partida de Kevin— en que el doctor White fue a su habitación y le dijo que Spence agonizaba y quería hablar con ella antes de partir. El doctor White la llevó hasta la habitación del chico en una silla de ruedas y la dejó a solas con el único salvaje del Club de la Medianoche. El nuevo compañero de habitación de Spence estaba en una reunión de grupo. El doctor White aún no le había asignado una nueva compañera de cuarto a Ilonka, algo por lo que ella estaba agradecida. Se encontró anhelando la soledad a medida que su tiempo se agotaba.

Spence tenía un aspecto horrible. Ella se lo dijo, y él confirmó lo mismo en el caso de ella. Ambos rieron suavemente sobre sus tribulaciones, estaban tan desesperanzados. Sin embargo, el aspecto de Spence la sorprendió. En el poco tiempo que habían pasado separados, él había desarrollado cáncer de piel en rostro y brazos. Eso hizo que ella se preguntara muchas cosas. Él estaba teniendo dificultades para respirar. Lo tenían apuntalado con tantas almohadas que parecía un esqueleto disecado.

—Hey, ¿cuándo nos vamos a Hawái? —preguntó Ilonka.

—Te he estado diciendo todo el tiempo que estaré listo cuando tú lo estés —contestó Spence.

—Sí, pero nunca te vi con los boletos de avión en la mano.

—No se le puede pedir manzanas al roble.

Ella se rio.

—¿Es un viejo dicho o lo acabas de inventar?

Spence se rascó la cabeza. Su pelo también era muy fino.

—Sinceramente, no lo recuerdo.

Un silencio se instaló entre ellos. Ilonka no se preocupó por ello. Tal vez era toda la morfina que estaba tomando o tal vez era sólo que finalmente había hecho las paces con su inminente muerte, y nada podía perturbarla ahora. Sin embargo, ella todavía tenía muchas preguntas en su mente.

—¿Qué puedo hacer por ti, mi querido amigo? —preguntó ella finalmente.

Spence levantó una ceja.

—¿Estás suponiendo que quiero algo de ti? Quizá sólo quería disfrutar de tu compañía durante unos minutos —él hizo una pausa—. Había algunas cosas de las que quería hablar contigo.

—Dispara, vaquero.

—¿Te contó Kevin la última parte de su historia antes de morir? Sé que pasó su última noche contigo.

—¿Quién te lo dijo?

—Nadie. Lo descubrí yo solo. Verás, él no estuvo aquí.

Ella asintió.

—Sí. Me dijo lo que pasó con Herme y Teresa. ¿Te gustaría oírlo?

—Sí. Mucho.

Ella le contó la tercera parte lo mejor que pudo recordar. Cuando terminó, Spence sonrió.

—Ha sido un bonito detalle el del final —dijo—. Me preguntaba por qué lo había titulado "El espejo mágico".

El recuento de la historia había hecho recordar a Ilonka todas esas similitudes que los personajes del cuento tenían con los miembros de su Club.

"Pero queremos hacer la ceremonia de sangre."

"Pueden hacerla si eso quieren. Yo me voy a la cama."

—¿Hay alguna historia que quieras contarme? —preguntó ella con cuidado.

—¿A qué te refieres? —reviró él.

—Sobre la noche en que Anya murió...

Spence se mostró repentinamente cauteloso.

—¿Qué hay con eso?

—¿Cómo murió?

—Tenía cáncer.

—Todos tenemos cáncer, Spence. Recuerdo algo extraño sobre esa noche. Había tomado una larga siesta esa tarde y, sin embargo, apenas logré volver a mi habitación después de que terminamos con nuestras historias.

—¿Y?

—También recuerdo cómo, cuando ibas a servirme la copa de vino, te paraste de repente y tomaste otra copa. Dijiste que la mía tenía polvo —hizo una pausa—. Pero yo no noté nada de polvo.

—La copa estaba sucia —enfatizó Spence.

—Creo que mi copa tenía algo, pero no la primera; creo que fue la *segunda* copa la que tenía algo. Vamos, Spence, ¿con qué me drogaste y por qué?

—Tienes una imaginación increíble. Has estado escuchando demasiadas historias absurdas.

—No me mientas. Había una droga en mi vino.

—¿Por qué lo bebiste si pensabas que había algo en él?

—Porque soy una estúpida. Responde a mis preguntas, por favor.

El chico suspiró.

—Fenobarbital. Un gramo. Lo extendí en una fina capa alrededor del interior de la copa.

—¿Por qué?

—No puedo decirte por qué. Prometí no hacerlo.

—No tienes que decírmelo. Ya lo sé. Querías que me quedara fuera para poder ayudar a Anya a acabar con su vida.

—Tú lo dijiste, yo no.

—Y me doy cuenta de que no lo niegas. Lo que me desconcierta, sin embargo, es cómo murió. El doctor White dijo que no pudo haber sido una sobredosis de drogas. Ciertamente, no se disparó a sí misma —extendió sus manos—. ¿Qué pasó?

—¿Acaso importa? Está muerta. Déjala descansar en paz.

—No pregunto por su bien. Tampoco pregunto por curiosidad, aunque la tengo. Lo pregunto por tu bien.

Spence se rio.

—No te preocupes por mí.

—Sí me preocupo por ti. Eres mi amigo, y algo te está preocupando. No hace falta ser psicólogo para verlo. Tus historias eran divertidas: un centenar de personas volaban por los aires cada noche. Y tenían un tema común: la rabia contra la sociedad, contra lo establecido. ¿De dónde viene toda esa rabia?

—Ya lo dijiste, no eres psicóloga. No me analices.

—¿Por qué Anya te eligió a *ti* para que la ayudaras a acabar con su vida?

—Yo no he dicho que ése la haya ayudado.

—¿Por qué no ha aparecido tu novia?

—No podía pagar el boleto de tren.

—¿Por qué tienes llagas por toda la cara?

Spence explotó de pronto.

—¡Porque me estoy muriendo, maldita sea! ¡Déjame en paz!

Ilonka asintió.

—Estás enfadado por eso, ¿verdad? Yo también estaba enfadada —se inclinó y le tocó la mano—. Me preocupo por ti, Spence. No estoy aquí para atormentarte.

Él sacudió su mano para quitarse de encima la de Ilonka.

—¿Por qué estás aquí?

—Me pediste que viniera. Querías hablar conmigo de algo más que la historia de Kevin —se detuvo—. ¿De qué te estás muriendo, Spence?

Respiró entrecortadamente y se frotó nerviosamente las manos. Cuando la miró había tanto dolor en sus ojos que casi le rompió el corazón.

—¿Por qué lo preguntas si está claro que lo sabes? —dijo—. Tengo sida.

—¿Te contagiaste de Caroline?

Spence tragó saliva con fuerza.

—Se llamaba Carl.

—No pasa nada. No tienes que avergonzarte.

—¿Qué sabes tú de lo que tengo que avergonzarme? —gritó él.

Ilonka se acercó y le sostuvo la mano.

—Dímelo —le pidió.

Él negó con la cabeza de forma lastimosa.

—Esto no es la hora del cuento.

—Sí lo es, Spence. Puede que sea de madrugada para el resto de la zona horaria, pero para nosotros es casi medianoche. Van a apagar la luz pronto. Ésta será la última oportunidad para que hablemos. Probablemente, ésta será la última oportunidad que tengas para hablar con alguien. ¿Y cuál es el problema si eres gay? Eso no es algo para avergonzarse. Nunca fue algo de lo que nadie tuviera que avergonzarse.

Spence tosió.

—Es muy fácil para ti decirlo. Pero esta época no está tan lejos de la Edad Media cuando hablamos de chicos preparatorianos. Sí, soy gay, lo he sido desde que nací. No intentes buscar una razón para ello. No la hay. Mis padres no me maltrataron de pequeño ni estuve expuesto a la radiación de una central nuclear. Tú puedes admitir que eres gay si eres famoso o vives en ciertas partes del país, o incluso si eres ya mayor. Pero cuando eres un adolescente, tienes que ocultarlo y no intentes decirme que no es así. En mi escuela, los maricas eran maricas, no eran personas. Y yo quería ser una persona, Ilonka. Soy una persona.

—Eres una de las mejores personas que conozco.

—Sólo porque no me conoces tan bien. ¿Quién era Carl? Era el amor de mi vida. Lo conocí cuando yo tenía quince años. *Era* una gran persona. Habría hecho cualquier cosa por quien fuera. Era tan brillante como Kevin. Cuando lo conocí, fue como encontrar un salvavidas en medio de un océano turbulento. Me aferré a él con tanta fuerza... y eso estuvo bien porque no hizo que me amara menos.

—Me alegra que hayas podido encontrar a alguien especial —dijo Ilonka.

Spence hizo un gesto de impotencia.

—Hace un par de años fui a hacerme la prueba de VIH. Pensé que debía hacerme un chequeo. Había tenido un amante antes de Carl. Bueno, para hacer corta la historia, salí positivo.

—Ya veo.

—No se lo dije a Carl.

—¿Por qué no?

Había lágrimas en los ojos de Spence.

—Porque lo amaba y tenía miedo de perderlo si se enteraba de que estaba enfermo. ¿No te das cuenta de lo que hice? ¡Lo amaba y yo lo maté!

—¿Está muerto? Pero ¿quién te ha estado enviando todas estas cartas?

—Las escribía yo y me las mandaba por correo —susurró.

—No sabes si tú lo mataste. Él pudo haberte contagiado la enfermedad.

—Lo dudo. Carl nunca fue promiscuo.

—No lo sabes —insistió Ilonka.

—Eso es, exactamente. No lo sé. Nunca lo sabré. Pero no puedo dejar de pensar en cómo se veía la semana antes de que muriera. Parecía algo que debería ser quemado y enterrado de inmediato —Spence señaló el espejo de la pared del fondo—. Se veía como yo.

—Lo siento.

—¡Eso es lo que le dije a él! Pero era demasiado tarde —Spence enterró la cara entre sus manos—. Lo peor fue que nunca me culpó.

—Incluso si tú lo contagiaste, para cuando descubriste que tenías el virus probablemente era demasiado tarde —se acercó y lo abrazó, y él se deslizó en sus brazos, con lágrimas corriendo por sus mejillas. Quedaba tan poco de él, de cualquiera de ellos. Ilonka no podía recordar la última vez que había comido algo sólido—. Tienes que soltarlo. No puedes morir atormentándote de esta manera.

—Lo he intentado. No puedo soltarlo. Lo que hice… ¿quién podría perdonarme?

—Pero él te perdonó.

Spence enterró su cara en el pecho de Ilonka.

—Es demasiado tarde. No hay palabras que puedas decir que mejoren las cosas para mí. Voy a morir de esta manera. Merezco morir.

Ella acarició su cabeza.

—Anoche tuve un sueño —le dijo a ella—. Yo era una bruja que controlaba a un joven, y lo irónico era que amaba al chico. No estoy segura, pero creo que era Kevin. Como sea, había un hechicero malvado que me apuñaló en las entrañas. Me estaba desangrando cuando este chico me encontró. Yo no había hecho nada más que usar al tipo y aun así, él me amaba. Mientras me desangraba, me dijo que nos volveríamos a encontrar, ya fuera en el cielo o en la Tierra, en una vida futura. Pero yo dudé de sus palabras. No creía que pudiera estar con él por las cosas horribles que le había hecho. Pero entonces me dijo algo justo antes de morir que se quedó conmigo mientras cruzaba al otro mundo. Dijo que si yo había hecho algo malo, entonces él estaba dispuesto a compartir las consecuencias de esa acción conmigo para que, dondequiera que fuéramos, estuviéramos juntos. Sinceramente, creo que por eso Kevin estaba aquí conmigo. No creo que él mereciera estar aquí, creo que eligió venir para enseñarme lo que tenía que aprender. Para mostrarme lo que el Maestro ha tratado de enseñarme en cada una de mis vidas pasadas.

Spence levantó la cabeza.

—¿Qué es? —preguntó a Ilonka.

—Sonará cursi si lo digo.

Spence buscó un Kleenex y se sonó la nariz.

—Estoy en modo cursi —aseguró él.

—Creo que estoy… creo que todos estamos aquí, para aprender el amor divino. Para amar de la manera en que Dios nos ama.

Spence tosió.

—Si Dios nos ama tanto, ¿por qué inventó el sida?

—Si no te hubieras contagiado de sida, no habría tenido la oportunidad de hacerte la oferta que te voy a hacer ahora.

—¿Cuál oferta?

—Si honestamente sientes que has hecho algo tan terrible que no puedes ser perdonado, entonces estoy dispuesta a compartir tus pecados contigo. Cuando muramos, si tenemos que presentarnos ante Dios y ser juzgados, entonces yo le diré que soy tan culpable como tú y que la mitad de tu castigo debe ser compartido conmigo.

Spence se mostró incrédulo.

—No creo que puedas hacer eso —dijo él.

—Kevin lo hizo.

—Eso fue sólo un sueño.

—Creo que todo este mundo es sólo un sueño.

—Es por toda la morfina que estás tomando.

—¿Aceptas mi oferta o no? —preguntó ella.

—¿Por qué lo haces?

—Porque te quiero, Spence. Porque eres mi amigo.

—¿En verdad crees que Dios nos va a juzgar juntos?

—No. Lo dije para llamar tu atención. Creo que deberías dejar de juzgarte, pero si no puedes, lo acepto —sonrió—. Iremos los dos juntos al infierno.

Spence se animó.

—Piensa en las historias que deben contar allí abajo —dijo él.

—Imagino que el Club de la Medianoche está siempre en sesión —añadió ella.

Spence se acercó y la abrazó. La besó en la mejilla.

—Lo que estás diciendo significa mucho para mí —agradeció él—. Quizás haya magia en tus sueños. Kevin se la pasaba diciéndome que la había. Me siento mejor al poder compartir mi carga contigo. Siempre había querido contártelo.

—¿Lo sabía Kevin? —preguntó Ilonka.

—No se lo dije, pero creo que lo adivinó. Era muy perceptivo. Anya sí lo sabía.

—Se lo dijiste a ella.

—Ella conocía a Carl. Vivían en el mismo barrio —Spence la soltó y se volvió a recostar—. La asfixié hasta la muerte. Ella me lo pidió.

—¿No podía soportar el dolor?

Spence suspiró.

—Fue terrible para ella al final —le dijo—. La morfina no conseguía detener su agonía. Me dijo que yo era el único que podía matarla por lo que sentía que le había hecho a Carl. Lo dijo con naturalidad, no de forma cruel. Entendí lo que quería decir, no se lo eché en cara —se encogió de hombros—. Supongo que todo es más fácil la segunda vez.

—No fue fácil para ti.

Spence asintió.

—Fue peor de lo que puedes imaginar —aceptó—. Tomé su almohada y la presioné sobre su cara y pude escuchar cómo se asfixiaba, mientras tú dormías plácidamente a un metro de distancia. Tuve que seguir diciéndome que sólo estaba devolviendo lo que le había robado a Carl. Sé que eso no tiene mucho sentido, pero incluso más que su vida, sentía que le había quitado la dignidad. Carl no tuvo una muerte piadosa. Anya me dijo que quería irse con un poco de dignidad. Y yo podía darle eso.

—Hiciste algo muy valiente.

—¿Crees que Dios lo verá así? —Spence en verdad quería escuchar su opinión.

217

—Probablemente nos reducirá el tiempo en el infierno por ello —concedió Ilonka.

Spence finalmente sonrió.

—Entonces, después de eso, probablemente reencarnaremos en pingüinos en esa parte de la Antártida donde la capa de ozono está completamente destrozada —continuó él—. Sufriré cáncer de piel otra vez.

—¿Quién tomó los artículos de tocador de Anya? —se preguntó ella.

La interrogante sorprendió al chico.

—No lo sé —fue su respuesta.

—Spence. No me mientas.

—Sospecho que Kevin se los llevó. Después de que volví a mi habitación, después de que maté a Anya, Kevin se levantó y salió del cuarto. Me sorprendió porque con su pierna le era difícil moverse. Me dijo que tenía algo que hacer. Sabía que yo te había drogado y que acababa de asfixiar a Anya. No podías ocultarle nada a ese tipo. De algún modo, creo que él se llevó sus cosas.

—¿Pero por qué querría engañarme? —preguntó Ilonka.

—Tú misma lo dijiste en esa historia que contaste sobre Delius y Shradha. El único consuelo que tenía Shradha después de la muerte de su hija era que ella había regresado por sus cosas.

—Pero eso nunca ocurrió —protestó ella.

—Lo sé. Y Kevin lo sabía. Pero hasta que su Maestro le dijo a Shradha la verdad, ella era bastante feliz con la ilusión. Kevin quiso aliviar el trauma de la muerte de Anya para ti, y también permitirte ir a tu propia muerte con la creencia de que había algo en el otro lado.

—Eso ya lo creía.

—Pero Kevin dijo que aún tenías miedo.

—Es cierto —Ilonka lo pensó un momento y luego se rio—. Kevin *sí* creía que él era Delius, y que yo era Shradha. Esa rata… no dejó de negarlo.

—No intentaba hacerte daño.

Ilonka suspiró.

—Lo sé. Él no podía hacerle daño a un alma —dijo.

Spence disfrutó aquella elección de palabras.

—¿Tienes alguna otra pregunta?

—No —sentenció Ilonka.

—¿Todos los misterios están resueltos?

—No. El gran misterio no se resolverá hasta el día en que muramos. Tenemos nuestras historias, nuestros sueños, nuestras creencias, pero hasta entonces todo es mera especulación.

Spence tosió.

—No tendremos que especular por mucho tiempo más —dijo él.

Ilonka sonrió con tristeza:

—Eso es verdad.

CAPÍTULO 9

Los días pasaron. Para Ilonka fueron como un largo viaje a través de un túnel oscuro en el que seguía imaginando que había una luz al final... quizá la palabra correcta sería *pidiendo* por que hubiera una luz al final. Su dolor empeoró y llegó a no poder ni siquiera levantarse de la cama.

El doctor White la visitaba todos los días. Continuó dejándola vivir sola en su habitación. Ella supuso que él pensaba que no sería por mucho más tiempo. Le traía chocolate blanco suizo, que era lo único que podía comer. Cuatro cuadritos al día. Ella dejaba que se disolviera en su boca y bebía un sorbo de agua. Sabía mejor que las hierbas.

Una tarde, cuando estaba recostada como de costumbre, llamaron a su puerta.

—Adelante —dijo ella en apenas un susurro.

Un extraño joven entró en la habitación.

"Cuando lo vi por primera vez, pensé que tenía un aspecto interesante. Tenía el cabello teñido de un color rojo fuego y llevaba un pendiente africano muy peculiar."

—Bill —saludó Ilonka, muy complacida.

El tipo no había cambiado su estilo. Parecía inquieto.

—Un amigo me dijo que me estabas buscando.

—Sí —Ilonka trató de incorporarse como pudo. Moverse era una agonía. Tuvo que tomar aire antes de poder hablar de nuevo—. Yo era amiga de Anya Zimmerman. ¿Tu amigo te dijo que ella murió?

Su mejilla se crispó, pero por lo demás no dio ninguna señal de cómo se sentía.

—Sí.

—Era mi compañera de cuarto —Ilonka continuó—. Me habló de ustedes, de cómo se conocieron, de cómo terminó todo. Puedes sentarte si quieres. Ésa era su cama.

—De acuerdo —Bill contempló el colchón con gesto nervioso antes de descansar su trasero en él.

—Como dije, ella me contó cómo se complicaron las cosas entre ustedes. Estaba llorando cuando me lo contó.

Bill mostró interés. Era un tipo guapo, a pesar del color de su cabello. Tenía una mirada penetrante. Ilonka recordó que Anya había dicho que quería ser detective.

—Supongo que no salieron bien las cosas con el otro tipo —añadió Bill con diplomacia.

—El otro tipo no significaba nada para ella. Anya ni siquiera sabía lo que estaba haciendo con él. Ella era feliz contigo. Pero ¿sabes que a veces cuando eres más feliz empiezas a sentir que no lo mereces, y entonces haces algo para arruinarlo todo?

—Nunca he hecho eso, pero entiendo lo que dices.

—Espero que sí, porque lo estoy haciendo mal… Lo que quiero decir es que Anya te amaba y lamentaba lo ocurrido.

Ella quería decírtelo antes de morir, pero estaba demasiado enferma y demasiado avergonzada.

El labio inferior de Bill tembló de repente y el chico se lo mordió.

—Agradezco que me lo digas —hizo una pausa y tocó la cama con la palma de la mano, vacilante—. ¿Sufrió mucho?

—Sí. Pero al final estaba con amigos. Eso ayudó.

—Ojalá hubiera podido ayudarla —dijo Bill, visiblemente afectado.

Ilonka sonrió.

—Ella dejó una caja de cosas. El doctor White, la persona que dirige este lugar, no sabía qué hacer con ella. Está en el piso de ese armario. Por favor, tómala. Sé que ella querría que tú la tuvieras.

Bill sacó la caja y la puso sobre la cama. Lo primero que sacó fue la pequeña escultura de arcilla que Anya había hecho para regalarle el día de San Valentín. Los dos amantes sin pintar, tomados de la mano. Bill la sostuvo sin una señal de reconocimiento. Ilonka supuso que no podía recordar más que los hechos principales de aquella noche.

Pero Ilonka sí recordaba.

"Dije que la única parte que se rompió fue mi pierna derecha."

Sin embargo, la figura estaba completa. La pierna derecha de la chica estaba en su sitio.

Ilonka jadeó.

—Dame eso —pidió al chico.

Bill se apresuró a llevársela. Ilonka estudió la figurilla con detenimiento.

No había ningún signo de reparación.

Era como si la pierna *siempre* hubiera estado ahí.

—¿Qué pasa? —preguntó Bill, preocupado.

—Es una señal —susurró Ilonka.

—¿De qué estás hablando?

—Bill... ¿sabes que la gente dice que el tiempo cura todas las heridas?

—Sí.

—Bueno, ¿y si el tiempo se agotara? ¿Crees que el amor podría seguir sanándolas?

—Me gustaría pensar que sí. Hey, ¿qué tienen de especial esas dos figuras de arcilla?

Ilonka cerró los ojos y abrazó la escultura contra su corazón.

—La muerte no pudo separarlas —dijo—. La muerte no podría tocarlas.

Finalmente Bill siguió su camino, pero se llevó con él la escultura; Ilonka sintió que le pertenecía. Se fue, pero el milagro permaneció. Ilonka intentó llamar a Spence para contarle lo que había pasado, pero el doctor White le dijo que su amigo había entrado en coma. La joven se entristeció al escuchar la noticia, pero aceptó el trago amargo del día tan fácilmente como su alegría. No parecía que pudiera tener una sin el otro. Se recostó en su cama y descansó.

Pasaron un día y una noche.

El doctor White vino y le dijo que Spence había muerto.

Tres menos y queda una, pensó ella. Qué historia se habría podido hacer con esto.

Ilonka lloró ante la noticia, pero no por mucho tiempo. Estaba muy cansada.

Entonces, el paso del tiempo perdió su significado para ella y se dejó llevar por las aguas tranquilas del largo túnel. El sol salía y se ponía. La Tierra giraba. Ilonka inhalaba y exhalaba, cada vez más superficialmente, cada día más penosamente.

Por fin llegó una mañana en la que el sol entraba por la ventana abierta y la brisa del océano agitó sus cortinas. Se despertó con el sonido de un pájaro cantando. La paloma blanca se posó en el alféizar de la ventana como para contemplarla, y cuando Ilonka la miró a su vez, el pájaro giró la cabeza hacia el sol. La joven siguió su mirada y se sorprendió al ver una estrella azul brillante en el cielo, incluso con los rayos del sol ardiendo. La estrella brillaba como una joya de valor incomparable.

Durante un largo rato, Ilonka permaneció mirándola y, mientras lo hacía, una a una, aparecieron más estrellas en el cielo, hasta que pronto todo el firmamento se iluminó con puntos de luz que no titilaban, ni siquiera cuando sus ojos comenzaron a cansarse y parpadear. La galaxia entera parecía brillar en todo su esplendor, incluso mientras el sol se hacía cada vez más brillante. Entonces sus ojos se cerraron lentamente por última vez.

EPÍLOGO

El transbordador estelar *Space Beagle III* estaba programado para volar hacia Sirus en menos de una hora. Eisokna se encontraba en lo alto del espacio, en la cubierta de observación de la gran nave, y miraba hacia abajo el blanco y azul de la Tierra. El sol brillaba a su izquierda. Las estrellas la rodeaban. La Tierra había sido su hogar durante todos los días de su vida, pero ahora partía con su marido, tal vez para siempre, y el conocimiento la llenó tanto de tristeza como de entusiasmo.

Apretó la nariz contra el plástico transparente que la separaba del vacío. Su aliento se agitó a su alrededor, en el duro material, con una niebla fantasmal; hacía frío en la cubierta de observación. Con Karlen, con quien se había casado apenas recientemente, había trabajado mucho para poder hacer este viaje. Ser unos de los primeros en colonizar Treta, el sexto planeta del sistema estelar Sirus. Estaban cumpliendo el sueño de su vida, ella lo sabía, y lo mejor de todo era que lo estaban haciendo juntos. Sin embargo, estaba triste porque quería despedirse de su mundo, agradecerle lo que le había dado, y no sabía cómo hacerlo.

De repente, mientras ella estaba ahí, inmóvil como una estatua, le pareció escuchar el canto de un pájaro. Una ola de nostalgia la invadió, tan poderosa que la hizo llorar. Una lágrima tocó el plástico transparente y borró por un instante su visión de la Tierra. ¿De dónde venía el sonido de ese pájaro? Se escuchaba como si estuviera cantando en su oído, una melodía tan hermosa.

Un brazo fuerte y cálido la rodeó por detrás.

Se relajó en él. Karlen la besó en la nuca.

—¿Lista para irnos? —preguntó él.

Ella se sorbió la nariz.

—No lo sé —contestó ella—. Estaba aquí mirando la Tierra y sentí como si me estuviera despidiendo de mi mejor amiga. Pero también sentí como si todo estuviera finalmente resuelto entre ella y yo, y ahora puedo seguir adelante. ¿Entiendes lo que quiero decir?

Karlen se acercó a su lado y la abrazó.

—No —le dijo, pero sonrió.

Ella rio; él siempre la hacía reír.

—Yo tampoco. Se supone que tú eres mi mejor amigo —enjugando sus lágrimas, se inclinó hacia su hombre y lo besó. Estaba feliz; se sentía como si hubiera tardado mucho tiempo en alcanzar la plenitud y estaba decidida a disfrutarla. El sonido del pájaro cantor se desvaneció a lo lejos hasta desaparecer—. Sí. Estoy lista para partir.

Esta obra se imprimió y encuadernó
en el mes de septiembre de 2022, en los talleres
de Impregráfica Digital, S.A. de C.V.
Av. Coyoacán 100-D, Col. Del Valle Norte,
C.P. 03103, Benito Juárez, Ciudad de México.